愛にはじまる

HarUmi
SetouChi

瀬戸内晴美

P+D BOOKS
小学館

目次

巴里祭

紅いカーテンを透して午後の陽光がばら色に滲《にじ》み、ベッドの裾の方にうす赤い霧をたちこめたように見えた。

マホガニー色に塗った洋服簞笥の表についた鏡に、一筋、カーテンのすきまからさしこんだ光が反射して、まぶしいきらめきを白い天井にむけてなげかけている。

オペラ座の近くの観光旅行者向のホテルをひきはらって、このラテン区に近い通りの角の、下宿屋まがいの安ホテルに移ってもう十日あまりの日が経っていた。

カーペットもカーテンも川向うのホテルとはくらべものにならない安物だけれど、旧式なせまいエレベーターもひとつあって、部屋数は四階までに思ったよりあるようであった。入口のフロントには下宿の女将というよりも、女学校の美貌の女教師といった感じの、知的に整った容貌のマダムが坐っている。四十前後のマダムには、十七、八歳の可愛い金髪の娘があった。

母親似で、母親より甘い顔付をした笑顔のあどけない娘の鼻だけは、ギリシャ型の母の高い鼻に似ていず、小さくて先がちょっと反りかえり、上に向いている。それが娘の愛嬌の源になっているのかもしれなかった。

尚二《なおじ》はその娘の名がマリアンヌということも、芙紀子が夜警のやとい爺さんだとばかり思っていた、夜八時以後、女たちに代ってフロントにいるアルコール中毒の老人が、美しいマダムの夫だということも、いつのまにか訊きだしていた。

「あの娘はもう一年もたてば男が出来るよ」

「そうかしら、だって柄よりずっとネンネじゃないの」

「そうでもないさ。胸とか尻とか必要なところはすっかり発達してるよ」

心情よりずっと下卑た口をわざとききたがるのが、尚二の日頃の癖だった。

「どうして、あんな下品な釣りあわない爺さんなんかといるんだろう。あのマダムは、インテリの未亡人だとばかり思ってたわ」

芙紀子が不思議がった時、尚二が、ふふんと鼻を鳴らして濃いまつ毛をしばたたき、顎を軽くつきだし、嘲笑した表情をみせたのを芙紀子は忘れない。――他人事じゃないぜ、おまいさんとオレとの仲みたいなもんじゃないか――尚二の声にしないことばを、芙紀子はその時、はっきり聞きとって胸が煮えたのも覚えている。

ふたりで出かける時、マリアンヌはす速く芙紀子と母親の目を盗んで、尚二だけにウインクをなげかけたりするのも、芙紀子は見て見ないふりをしていた。日本を発って以来、尚二の身についた無頼な匂いが、むしろ小粋な味わいをみせて、細い剣のようにひきしまった感じのする尚二の腰のあたりや長い脚にまつわっているのを芙紀子は感じていた。

何を見せても何を食べさせても、日本では退屈そうな目の色を動かしたことのない尚二が、ヨーロッパの土をふんだとたん、まるで水に放たれた魚のようにぴちぴち精気にみちてきたのが不思議だった。

何か口の中で叫び声のようなものを押しつぶし、尚二が寝返りをうってどすんと片脚を芙紀子の脚に叩きつけてきた。また今朝も尚二が毛布をほとんど自分の方にたくしこんで、ベッドの向う側へ半分ずり落ちさせている。

堅い重い尚二の脚の圧迫と、密生した脛毛の硬い感触が、芙紀子のふくらはぎに次第に食いこむような感じがしてきた。

濃い眉を寄せ、夢の中で尚二はまた切なそうに悶えている。きちきち歯をかみ鳴らす。寝ぞうが悪く、眠りの中ではたいてい悪夢にうなされるのも尚二の癖のひとつであった。

尚二と眠りをわかつようになりはじめた頃、芙紀子は尚二のそんな寝苦しそうな様子にさえ心を痛め、いくら昼間至れり尽せりの、尚二がうるさがるほどの愛をそそいでも、尚二の夢の中まで自分の愛でかばいきれないのが切なく情けなかった。

このホテルのこの部屋のダブルベッドは、古風なロココ風の彫刻で飾られた偽マホガニー材だったが、ベッドのマットレスの中央が奇妙に高くなっていて、二人で寝ると両側へそれぞれずり落ちそうな感じがする。尚二はたちまち分水嶺ベッドと名づけ面白がり、芙紀子が部屋替えさせようとするのをうるさがった。旧い建物だけに、部屋のスペースも広く、家具のサイズも古風にどっしりと大きいのが尚二には居心地がいいらしいのだった。

芙紀子は重さに堪えかねて、尚二の脚の下からそっと自分の脚をぬいた。その拍子にまた尚二が寝がえったので、毛布は完全にすべり落ち、ふたりの軀がむきだしに並んだ。尚二の裸は男にしては白すぎるきらいがあったが、腰がくびれ、厚い胸は逆三角形の楯のように美しく張りきっていた。象牙の楯の中心にある模様のように、ひとつまみの胸毛がいつも汗にしめって青臭い匂いを放つのにも、腹にあるかすかな盲腸の傷あとにも、今朝の芙紀子はいつもより深い感懐をそそられる。何かの怒りをこめたような猛々しさをみなぎらし、しめった匂いのする昏《くら》い草むらの中から、小さな樫の木のように力強くのび上っている尚二のいのちの朝の表情も、それが見馴れ、なじみきったものだけに、いっそう胸に迫る気持を誘うのだった。

今日、七月十四日の巴里祭《キャトールズ・ジュイエ》をすませるとすぐ、尚二は明朝先にひとり日本へ帰っていくことになっている。

先月半ば日本を発って以来、パリを根城に、イギリス、ドイツ、イタリーと、気ままな旅をつづけ、またパリに帰ってきたのだった。

西銀座の裏通りに小さいながらしゃれたアクセサリーの店を持つ芙紀子の今度の旅は、一応、商品の研究や仕入れという名目をつけてあるけれど、有体にいえば夫の手切れ金で、若い燕をつれ、今流行りの国外旅行に出たという形だった。

先月、アムステルダムからパリのブールジェ空港に降りたった時、出迎えに来てくれていた、またいとこの久米が、芙紀子と並んで当然のようによりそっている若い尚二をながめ、どんな態度に出るべきか、とっさには判断がつかず、とまどった表情をみせたのを芙紀子は想い出す。久米と並んで出迎えていた航空会社の駐在員の森口は、こういう二人づれにはもう馴れっこになっているのか、全然、好奇的な目も不思議な目つきも見せず、奥様、奥様と呼びかけ、尚二には御主人とか旦那さまとかいうことばは一切つかわず、適当に用がたせていた。

オペラ座の近くのホテルに案内され、森口がフロントで何か交渉しており、尚二が手洗いに立ったすきに、はじめて久米は、

「あのね芙紀ちゃん、外国じゃ正式でない二人づれは一流ホテルには泊れないんだよ」

と、声をひそめていった。

「わかってるわ。いいのよ、あの子のことなら……でも、もちろん、出来れば一つの部屋に泊りたいわ。その事は東京の航空会社の本社ではっきり希望をいってあるの。こんなのはこのごろ多いらしいわよ。航空会社じゃ、当然のことみたいな顔をして、ちっともこっちを照れさせたり、ばつの悪い想いさせたりしないのよ。感心しちゃったわ」

他人事のようにいいながら、やっぱりとっさの照れ臭さのためか、必要以上に言葉が多くなっ

ていた。新聞記者の久米は、妻子を故郷にのこしたまま、もう六、七年も海外駐在ばかり希望して一向に故国へ帰ろうとはせず、一種の追放者か亡命者みたいな生活をしている。

芙紀子の耳に入る親類の評判は、おとなしい妻に同情が集中し、久米の評判はまったく悪かった。久米と芙紀子は大学生と女学生という淡い初恋めいた情緒を交わしあったこともあったが、大方一昔以上も前のことになっていて、今では年に二、三回、思いだしたように絵葉書を互いに交換するくらいの、淡々としたなつかしさだけの残った仲になっていた。

「何に見えるかしら、あたしたち」

芙紀子は久米の案内でパリの町を歩いていた時、ふとつぶやいたことがあった。尚二は珍しく、朝からひとりで近代美術館へ出かけて別行動をとっていた。

「まあ、姉弟かね。不思議にあんたたちどっか似てるよ。目のあたりと顎の線かな。ブールジェではじめて見た時、由紀雄くんの死んだことをとっさに忘れていて、由紀雄くんと来たのかと思ったんだよ、実は」

「そう……由紀雄より尚二の方がたしか五つ下のはずだわ」

「つづけるつもりかい？」

「この旅を記念に、帰ればきれるつもりなんだけど……」

思わずことばのはりがぬけたことを、敏感な久米は聞きのがさなかっただろうと、芙紀子は首筋が染まるのを感じていた。

久米と尚二のことを正面きって話したのはその時だけだった。生来無口で、無愛想と勘ちがいされがちな久米は、それっきりで、芙紀子の別れた夫のことなどは、尚更一度も話題にきりだしもしなかった。芙紀子は久米の態度に見倣った形で、久米が東京に帰りたがらない理由や、現在の女出入りについてなどいっさい問わないですごしている。好奇心がないではなかったけれど、一度も久米が自分のアパートへ誘わないところや、久米の身なりをみると、ひとりで暮している匂いはしなかった。

時計をみると、今日夕方久米が迎えに来てくれる時間までには一時間余りあった。

全身に、まだ疲れがのこっていて、軀を動かすと思いがけない場所に痛みがのこっていたりする。

芙紀子はそっと尚二の軀に手をのばした。

もう今更引きとめることも出来ない尚二の全部に、急に激しいみれんがこみあげてきて、悲しみとも欲情ともみわけのつかない身震いが軀の芯からわきおこってきた。

左脇よりの胸に、紫色のインクをおとしたように芙紀子の唇の跡が血を凝らしている。

その上を指でなぞると、尚二が眠りの中で芙紀子にしがみつき、尚二の軀の堅さがいきなり芙紀子の腹を打った。

ふたたび深い身震いがわいた。今度はあきらかに欲情からの震えだった。

思いがけない涙が目尻をつたわり、耳の中へ流れこんでいく。芙紀子の全身に深い虚脱感がおこり、すてておけば嗚咽《おえつ》が押えきれなくなりそうだった。今更尚二に醜い泣き顔などみせたくはなかった。尚二は若さの持つ残酷さからか、生来そういうふくみのない性格なのか、芙紀子がはじめて泣き顔をみせた時、大きな、割にきれいなハンカチをつきだしながら冷たくいった。

「よしな。泣き顔のいい女なんてめったにいやしないぜ」

ぎくっとして芙紀子は泣きやみ、愕《おどろ》きと恥のため、涙がそれっきり乾いてしまったものだった。芙紀子はそれからも幾度尚二のためにひそかに泣いたかしれないが、尚二に二度と泣き顔をみせまいとしていた。

四年近く療養生活をしている夫が看護婦との間を告白した時は、芙紀子の方もすでに尚二との関係が一年以上つづいていた。あるいはその噂が夫の耳に入り、夫に告白する勇気を与えたのかもしれなかった。

実家の亡父の遺産で芙紀子が道楽にはじめた銀座の店が思いの外成績をあげ、芙紀子はちょっとした商売人きどりになって、夫の療養中の心身の空虚を忘れていられたのだ。おとなしい小柄な夫付きの看護婦が、いつ頃からか、芙紀子の見舞いに露骨に不快な顔をみせるようになった頃から、芙紀子は夫と看護婦の情事を直感的に覚《さと》っていたけれど、看護婦が芙紀子に示すほどの嫉妬も彼女におこらないのだった。もうすでに、芙紀子は結婚して以来、仕事らしい仕事をしたこともなく、妻に子供を産ませるでもなく、いつのまにか療養生活をはじめてしまった夫に愛情を失っていたのかもしれなかった。親同士のつきあいから平凡な見合をし恋愛に入ったとみて、式を挙げた夫婦だったけれど、芙紀子は尚二を識ってみて、自分が夫を過去のどの時にも、本当に愛したのではなかったような気がしてきていた。

女が男を愛し、男が女を愛するとは、夫と芙紀子のようななまぬるい関係ではなかった。夫が芙紀子よりも色の白いだけがとりえの、平べったい顔の貧相な軀つきの看護婦の方に女を感じたとしても、芙紀子は軽い自尊心の痛み以外は、一向にやっきになれない自分を感じた。

尚二は、芙紀子の家へアルバイトに来た若者だった。もう大学生という年齢ではなかったけれど、美術学校を中退して何年かたつという履歴の、どこまでが本当かわからないようなところがあった。長年通っていた爺やが神経痛で寝こんでしまった時、自分の近所に下宿している若者だからといって代りによこしたのが尚二だった。デニムの洗いざらしのズボンの中の尻が、堅い布目を破きそうにはりきり、きゅっと小気味よく吊り上っていた。皮膚のように身につきすぎたその細すぎるズボンの前から思わず目をそらした時、芙紀子はもう尚二に無関心ではいられなくなったのかもしれなかった。若い尚二は、軀を動かすことは苦にならないとみえ、一週間もすると芙紀子の広い邸は見ちがえるようになった。庭も蔵も物置も、てきぱき尚二が片づけていくのを、芙紀子は一種のスポーツの競技でもみているような愉しさで眺めていた。予定の片づけが終った時、芙紀子は尚二に、車の運転の免状をとらせることを思いついた。

尚二の車が一番乗り心地がいいと感じはじめた頃、芙紀子は尚二のセンスをとり入れる方が店の品物が若返り、若い客層がぐんとふえることを識った。仕入れと店の飾りつけに尚二が必要だと感じた時、自然な形で尚二は運転手から芙紀子の秘書に昇格していた。その頃からベッドの中では、芙紀子の方が尚二にほどこされるような感じを抱きはじめていた。

夫と離婚した時、芙紀子は尚二との結婚を若い娘のような一種のときめきと共に思い描いてみた。けれどもその夢は冗談のように軽く匂わせただけで、尚二から、

「不自然なことは万事うまくゆくはずがないよ」

と一言のもとに否定された。自分と尚二の関係を、不自然と尚二が観ていたというショックの方が強くて、芙紀子は生れてはじめて失恋した女のようにうちひしがれていた。

それでも尚二は、芙紀子がふたりの関係を情事として扱うふりをした時は、いつでも芙紀子の要求に敏感に応え、その都度芙紀子の官能上の期待を裏切ることはないのだった。

芙紀子は尚二の服装をかまいはじめ、自分の好みで下着からネクタイまで統一した。尚二は芙紀子に与えられるままに素直にそれらを身につけて芙紀子の前にあらわれたけれど、芙紀子と逢うはずのなかった偶然の出逢いには、いつでも尚二が元のままのデニムのズボンかコールテンのズボンに、ポロシャツやとっくりセーターという姿なのが芙紀子を傷つけた。

芙紀子は尚二が感じていることを、七十パーセントくらいは予想し、それが中《あた》るようになってきたが、尚二が何を考えているかとなると、まるで初対面の人間のようにさっぱり摑みどころがなかった。

芙紀子がしきりに尚二から愛の証《あか》しを、ことばで聞きたいとあせりだした頃から、尚二は目

に見えて芙紀子に冷淡になってきた。

うわごとのように尚二の軀の下で愛を告白し、愛を誓う芙紀子は、せめてその三分の一のことばを尚二からお返しされることを望んでいる。ところが尚二のたまにくれる返事といえば、

「こんな時だまってる方が女はよくみえるぜ」

というようなことだった。芙紀子があせりだすと尚二は露骨に逃げはじめた。わざとのように芙紀子の店の女の子に手をつけたり、店の客のバーの女と一週間もいっしょに姿をくらませてしまったりする。その度、芙紀子は尚二を呪い、人でなし、恩しらず、女たらしなど、思いつくかぎりの悪態を並べたてて地団駄ふむのだけれど、あくまでそれは自分の寝室の中での一人芝居で、いざ尚二のけろりとした顔をみたとたん、尚二の性の悪い厭がらせなどに、まるで、露ほども心が騒がせられたことはないといった、爽かな表情や態度をつくってしまう。

その度、尚二はにやっと笑っただけで、まるで昨日も一昨日もそうしていたように、するりと芙紀子のベッドに入り、平然と、仕入帳をめくってみるのだった。

芙紀子が尚二に対するひとり角力の愛にへとへとに疲れきり、ヨーロッパ旅行を思いたった時、芙紀子は出発の直前、尚二と関係を絶つ宣言をするつもりだった。

その時こそは、平生尚二から圧迫をうけつづけている自分の年齢の重みをはね返し、反対に階級の重みの強さを、思い知らせてやろうと考えていた。

けれどもそれを芙紀子が宣言する前に、尚二から店にいた良子と同棲していることをつげら

れ、芙紀子は尚二に向って、これまでのどの時よりも優しくヨーロッパの旅に誘っていた。

尚二がまた夢の中でうなされ、歯をききっと鳴らした。芙紀子はもうこの尚二の夢の中の苦しみにも別れるのかと思うと、また下腹部から淋しさがこみあげてきた。捉えどころのない尚二の心の中などついに何ひとつ覗くことが出来なかったと思う。けれども、尚二の意識の底に、不如意や不満足の苦しみがあればこそ、あんな不安な眠り方しかしないのだろう。眠っている状態の尚二だけは、尚二自身にも捉えられないのだと思うと、芙紀子はその瞬間だけは尚二を自分が理解しているような錯覚に酔うことが出来た。

この旅で、芙紀子はこれまでよりもいっそう尚二を自分にひきとめることの無駄と無理を覚らされた。尚二はどの町でも、始終、芙紀子と同道で行動しながら、決して芙紀子の心と共に歩いてくれたことはなかった。旅に出て、尚二はもう臆面も遠慮もいたわりもなく二十七歳という自分の年齢をむきだしにし、青春の名残りの情熱のすべてをかけて、目の前の現象に没入していった。どこへ行き、何を見ても愕くべきエネルギーでそれにぶつかり、丸ごとまず鵜みにしておいて、あとでゆっくり消化し直そうという欲ばり方だった。同じ所へゆき同じものをみていながら芙紀子はいつでも尚二の好奇心の旺盛さ、感動の激しさに圧倒され、自分は尚二の十分の一も見もしなければ感じもしていないようなあせりを覚えた。とりのこされているという焦躁感と欲求不満に芙紀子は蒼黒く肌が濁り、頬骨がつきでてきた。

シャワーを浴び化粧を終えた時、ドアにノックが聞えた。尚二をおこしておいてドアを開けると、久米が立っていた。

「早すぎた?」

久米は時計を持たない主義なので、かえって時間には正確だった。

「ううん、もういいのよ。着がえるだけ」

久米は芙紀子の着がえる間、窓ぎわに立って往来を見下していたが、芙紀子が帯をしめあげ、香水ふきを押しながら窓ぎわに近づくと、

「ほら」

と芙紀子の肩をおして往来を指さした。

このホテルの向いもやはりホテルになっている。その一階がカフェになっていて、型通りの縞の陽よけと、白塗りの籐の椅子テーブルが、往来に出ていた。その数がいつもより多い。久米がみせたかったのは、そのテーブルの一つに身をよせあうようにしてコーヒーをのんでいる男女だった。女はこのホテルのマダムだった。

美しいけれどパリ人にしても珍しいほど不愛想で、めったに笑顔をみせず、冷たい感じのするマダムが、しきりに歯をみせて笑っている。小首をかしげ相手が耳もとに口をつけるようにして囁く度、軽くうなずいてにこにこしている。相手はマダムより若い黒い背広の男だった。肩幅が広く背丈もフランス人にしては大きい方にみえる。男は話しながら、自分のかけている

椅子を軀ごと片手ですっとマダムの椅子の方へ引きよせ、さらにぴったりと軀をつけていった。いかにも自然なその動作がスマートにほほ笑ましく見え、思わず芙紀子は久米の顔をふりむいて笑った。

「珍しいわね、あのマダムのあんな嬉しそうな顔」

「フロントを離れたのを見たこともなかったよ。男がずっと若いな。巴里祭に、避暑地から帰ったという形だな」

「そうかしら、今日、巴里祭へ地方都市からやってきた若い大学講師って感じがするわ」

「いずれにしてもマダムに男の方が惚れてる」

「女は男にいいよられてる時が一番きれいにみえるのね。あの取りすましたマダムの今日の艶っぽいことったら」

「ほんとだ、イカすじゃないか」

芙紀子の耳もとでいったのは、いつのまにか背後に来ていた尚二だった。珍しくきちんとネクタイをしめ黒い背広を着ている。尚二は背後から芙紀子の肩を抱き、いっしょにマダムの恋をのぞくような風情で顔をよせてきて、す速く耳に接吻し、軽く耳朶を噛んだ。人前でこんな大胆なことをしたことのない尚二だった。芙紀子は自分の首筋が真赤になっているだろうと思いながら久米の方を盗みみた。久米はまだマダムを見下していて、そんなふたりには気づいていない。

ホテルの前に車が止り、森口と同じ会社の森口の恋人の秋子と、もう一人和服の若い娘が降りて来た。これで今日の一行は揃ったわけだ。電話でフロントへ森口たちに階下で待つようにつげ、三人は降りていった。今日の秋子は濃いコーヒー色の新調のワンピースがよく似合って、いつもよりフレッシュだった。秋子はすぐ、自分の友だちで香水屋につとめている待子だといって、和服の女を芙紀子に紹介した。秋子より大柄で、秋子より肉感的な待子が、芙紀子と久米の方に愛想よく挨拶をしながら、尚二をちらりとも見ないのを見た時、芙紀子は待子と尚二がすでに顔見知りなのを覚った。尚二が芙紀子に知らせたくない香水や口紅の買物をしたこともあっただろうし、そんな時秋子から待子を紹介してもらっただろうこともありうることだった。

芙紀子はちょっと咽喉にこみあげた熱いものをのみこむように首をふった。

明日は尚二が帰国するということはみんな識っているので、今夜の巴里祭が尚二の送別会をかねることになっている。自然に動きも会話も尚二中心になっていく。サンジェルマンが一番性に合ったという尚二のため、ぞろぞろサンジェルマン通りへくりだしていく。もう通りは学生の群で洪水のようになり、歌声や楽隊のひびきでごった返していた。

「珍しいな、ここ二、三年来、こんな派手な巴里祭はなかったよ」

久米のそんなつぶやきも、もう通りの熱気にのりうつられた尚二や待子の若い一行には聞えない。最初のうちいくらか芙紀子に遠慮をみせていた待子は、通りの喧噪のるつぼに次第にまきこまれていくと、もう誰はばからない大胆さでしっかりと尚二の腕にすがりつき、その大柄な軀を尚二もひきよせていた。森口と秋子が人波に離されまいとして、これまたしっかりと腕をとらえあっている。自然に久米と芙紀子の肩が並ぶようになった。尚二の好きなサンジェルマンの中華料理店へたどりつけばいいとわかっているので、いつのまにか三組の間は人の波でさえぎられてしまう。

「元気がないね、大丈夫?」

久米のやさしさに、不覚にも涙があふれそうになった。いきなりどんと若い学生のスクラムにつき当たられ、芙紀子は久米の腕にひきよせられた。そのまま、久米に抱かれて歩くしか、人の洪水はきりぬけられなかった。通りの角で突然、いっせいに口笛が上る。車も人波もおしとどめて、通りの真中で、背中まで髪を流した青いワンピースの少女と学生がしっかりと抱き合い、長い長い接吻をしているところだった。

いかにもサンジェルマン・デ・プレといったタイプの二人は、巴里祭の群衆の熱気をうけ、その足をとどめて、まるで世紀の接吻といったもののものしさと長さと熱烈さでそれをつづけている。

ついにお巡りがやってきて、いんぎんにふたりの恋人をひき離し、ようやく交通が復活した。ふたりの恋人は人波にもみくちゃにされながらふたたび抱きあって口づけしたまま、今度は人波に押されて歩いていく。

「ああ、愕いた、もうさんざん町中のキスはみたけど、こんなに熱烈なのははじめてよ」

芙紀子がおかしさをこらえかねて笑いだすと、久米が、

「やっと笑ったね……何かあったの、幽霊みたいじゃないか」

とふたたび気づかわしそうに囁いた。

「ありがと。昨夜、別れ話が出来たのよ。どうするつもりって聞いたら、一言のもとに、帰ったら別れるつもりだって、こうなの」

「……」

「女に飼われる経験ももうこのあたりが限度だろう、これ以上つづければ自分がなくなっちゃうって、こうなの。手切れ金は要求しない。でも餞別はくれるならもらってもいい、女と……うちの店にいた売子よ……それと所帯を持つのに何かと物入りだからなんて、こうなの」

「別れられるのかい、あんたの方は」

「しかたがないじゃないの」

「……お前さんにはむかない相手だったな……しかし男も女も苦手な奴にかぎって惚れてしまうものらしいよ」

「そんな感情は、もうあたしたちの時代でおしまいじゃないのかしら、あたしにはもう尚二の心の中がわかんない。その相手の女の子だってもよ。あたしと尚二の関係は百も承知で、出来てるんですからね。もうほんとにわからないわ、こうなっちゃぁ」

「尚二もそいつも、今のふたりみたいに、群衆の中で接吻出来る人種なのさ。おれたちはたしかにもう古いよ」

「覚悟はしてたのよ。でも、口では尚二にもきれいなことといって、せめて物わかりのいいところを最後にみせたつもりだけど……今日はもう全身から力がぬけてしまって、だめなの。どうしていいかわかんない」

「しっかりするんだよ。何だい、いい年して」

久米の腕が芙紀子の腰を強くひきつけた。

芙紀子は久米に軀をよせたまま、

「尚二、今夜はあの待子って子と最後の巴里をすごしたいでしょうね。あのふたり、もう出来てるわ」

「パリにいる女はもろいんだよ」

二組の男女が通りの角で早く早くと手をふってまねいている。

「いいじゃないか、あんたも若い男をパリくんだりまでつれてきて、巴里祭に女まであてがえるほど粋になったと自覚しなさい」

「おばあさん扱いね、すっかり。あたしまだ三十八よ」

食事が終る間に夜はすっかり更けてしまった。通りの人出はますます多くなり、もう身動きも出来ない。横町へまがって漸くタクシーを拾い、二台に分乗してバスティユ広場へゆく。

巴里祭は年々さびれて何の味もなくなっていたのに、今年のこの賑やかさは何の現象だろうと、久米は車の中でもしきりに首をひねっていた。車に乗る時は、さすがに尚二は芙紀子の後につづいて乗り、しっかりと芙紀子の腰を抱きよせていた。

「あんまりたべなかったね。気分が悪いの」

この優しさに気を許してはならないのだと芙紀子は、そうでもないわと不愛想にいった。

バスティユの広場では、豆電気でかざりたてたいやに古風なカフェーの前の踊り場で、何組かが抱きあってのどかに踊っている。古い映画でみたバンドではなく、レコードがつぎつぎかなでる曲は、マンボもジルバもとびだしてくる。日本の縁日や田舎のお祭りの神社前のように、ずらりと屋台が並んで、ふうせんや、笛や爆竹や紙の面《マスク》を売っている。

綿菓子も飴もガムもチョコレートもいかにもお祭りらしい雰囲気で、一番人だかりしているのは富くじの前だった。広場の向うすみにはオートバイのスピード乗り場が出来ていて、物凄い爆音をたて、円いさじきの台の上でぶつかり合い、うちつけあい、若者たちが汗みずくになってオートバイを走らせている。

もんどりうって倒れてもけがしない仕組になっているのか、耳をつんざくような轟音とほこりの中で、見物の方が乗って遊んでいる連中よりはるかに多い。みとれていた待子が、きゃっと悲鳴をあげた時、芙紀子も背筋にひやっと水を流されたようにとび上った。紙ふぶきの塊りを、和服を着て衿をつかせている背筋の中へいきなり投げこまれたのだった。芙紀子は背をゆすって紙ふぶきをほうりだすと、頭から、かえって七色の紙ふぶきでおおわれてしまった。待子の背に尚二が腕をさしいれているのが紙ふぶきの中に見え、芙紀子はあわてて目をそむけた。

目をとじ口を軽くあいて笑っている待子の表情が、姪らにみえ胸が悪くなった。

秋子の声の方を見ると、テントばりの店がずらりと並んだ中に、射的場で久米と森口がピストルをかまえていた。尚二がいきなり芙紀子の手をつかんで走った。

「来いよ。おれの手並、みせてあげる。ほんとはこれだけしか能がないんだよ」

いつのまにかみんながピストルを射つのをやめてしまった。尚二の両手から実弾そっくりの音をたてて機関銃のような速さでとびだす弾丸のことごとくが、一番遠い標的の中心の小さな黒点の中に重なって射ちこまれ、みるみる黒点を蜂の巣状にうちつぶしてしまったからだった。オートバイの音だけが相変らず背後で地軸から突きあげるような凄じいうなりをたてつづけている中で、射的場の前の白っぽい光の中だけ、しんと水底のように静まりかえっていた。誰の顔ももはや愕きをこえ、無表情に硬ばっていた。八連発の弾丸が二梃ぶん、一つのこらず黒点の中にうちこまれた時、芙紀子は自分の穴だらけの心臓から軀中のあらゆる血潮が流れつくしたような幻影に捉われた。かつて、どんな激しい愛撫の中にも持ったことのない尚二との完全無欠な肉の結合が、公衆の真只中で行われたような不思議なカタルシスに全身が硬直していた。

まだ目の色を炎のように燃やしたまま、ふりむいた尚二の胸に、倒れこんでいきそうな目まいに堪え、芙紀子は血の気の失せた顔に笑顔をつくろうとして、唇をひきつらせていた。

〔1965（昭和40）年6月「別冊文藝春秋」初出〕

愛にはじまる

村瀬浩之から電話があったのは、大木貴雄が、そろそろ昼食を採りに街へ出ようかと、腰をあげかけた時だった。村瀬は持前の、せかせかした口吻で早口に訊ねてきた。

「昼飯だれかといっしょ？」

村瀬の訊く誰かは、いつでも女に決っていた。

「いいや、ひとりだ」

「しけてんだなあ」

「まわしてくれよ、ひとりぐらい」

「実は、その話！」

「どうかなあ、話が速すぎる」

「ほんとだって」

「厭だぜ、また、あんなのは」

「今度は大丈夫だ」

村瀬の声が半分笑っている。大木がいう、あんなのを思いだしているのにちがいなかった。村瀬は、大木が逢うかぎりでは、不思議なほど、ひとりで歩いたり、ひとりで食事をとったりしているのをみたことがない。いつでも誰か女を同伴していた。女は日本人に限らず、小粋なパリジェンヌであることもあれば、いかついオランダ娘であったり、目の覚めるようなスペイン女だったりすることもある。外国系の航空会社のパリ駐在員という仕事が、そんなに閑な仕事だとは思えないけれど、村瀬の仕事ぶりをみていると、仕事を片づける要領の好さと、女と遊ぶ時間を産みだす手際の好さに一種天才的なものがあった。

はじめて大木貴雄がパリへついた四、五日めに、大木の到着と交替で帰国する先任者の工藤に村瀬を紹介された時も、小柄なパリジェンヌをつれていた。オペラ通りの香水屋の売子だというミュゼットというその娘とは、村瀬は例外的に長く今でもつきあっているようだけれど、その後村瀬の連れていた女で、あまり長続きしたのを大木は知らない。殊に、日本の女とは、長くて三月も持てばいい方だった。

「日本の女は、居坐られる怖れがあるからな、深入りは禁物だよ」

そんな警戒心は多かれ少なかれ村瀬のどの女に対する気持の中にも含まれているらしく、情事に――殊にも駐在地の情事に足をすくわれることを、村瀬が極力自分に戒めている風なのは大木にも次第に解ってきていた。大木より二年早くパリに住みついている村瀬に、大木はその後何かにつけて教えられているし、頼りにも便利にもしていた。互いの勤め先の事務所が近いせいもあって、少なくとも二、三日に一度や二度は逢う関係から、いつのまにか、ふたりはパリではいい意味でも悪い意味でも、かけがえのない親友になっている。

パリに着いて半年は、日本の女には見向きもせず、ひたすらパリジェンヌをアミに持つことに専念するのが、フランス語を最も早く身につける何より安上りな方法だと、ミュゼットの友達を早速世話してくれたのも村瀬だった。けれども最初のブルネットの女をはじめ、村瀬が紹介してくれる外人の女は、すべて村瀬と経験ずみだということもたちまちわかってきた。今では大木は、村瀬をわずらわさないでも、そういう不自由はしないまでに、パリにも、パリの女にも馴れてはきている。それでも尚時折、村瀬から、今日のような突然の配給にあずからないこともなかった。

電話があって十分後には、大木は村瀬の指定したマドレーヌ寺院に近いイタリア料理のレストランへついた。赤いテーブルクロスがかかったテーブルはほとんどふさがっていて、店内には、油と肉の匂いと様々な人種のあくどい体臭が、一種の人なつかしいあたたかさでいっぱいにこもっていた。

「ここだ」

奥の壁際の椅子から村瀬が片手をあげた。美少年というより美少女めいた優しい風貌の村瀬は、体つきまで華奢で、繊細だった。村瀬の容姿の優しい弱々しさに女は先ず気を許し、警戒心を忘れる瞬間、もうすでに村瀬のわなに陥っているのだということを、今では大木も理解している。八重歯をだして村瀬はにこにこしていた。誰でも村瀬のこの邪気のない笑顔を見たら、気を許さずにいられないと、これも村瀬のおさがりで廻ってきた街娼のコリンヌがいっていたことばを大木は思いだした。

村瀬の横には若い日本の女がつつましく控えていた。パリ製らしい菫《すみれ》色のスーツを着て、同じ色のハンドバッグを持っている。紫は今年のパリのウインドウで目立つ流行色らしいのを大木も知っていた。女は化粧もすっかりパリジェンヌ風になっていた。小さなひきしまった顔に、夏の名残りの陽焼けを爽やかにとどめ、目の化粧だけを念入りにして、唇にはごく薄色の口紅を塗っている。爪の色も薄く塗るのがどうやら今年の流行のようであった。娘の手も顔に似て小さく、先がほっそりとすぼまっていた。実用型の掌ではなく、愛玩用か観賞用のタイプだということをその掌が無言で物語っていた。指の表情にも自然なしながあって、大木はふと、女優かしらと、娘の顔を見直した。

村瀬がこれまで大木に紹介した女の中では一番新鮮で美しい印象をうけた。

原田和子という平凡な名前の娘は、村瀬の会社の旅行客だということだった。

「大木さん、何にする?」

もみあげを長くした髪の黒いイタリア人の給仕は、村瀬や大木の方は全く無視して、美しい和子の顔に大きな輝く目を据え、テーブルの横に突ったっている。惚れ惚れしているという表情をこうまで露骨に示されても、和子は照れもはにかみもせず、むしろしょんぼりした表情で、村瀬の横にひっそりと坐っていた。別の給仕が、先に注文しておいたスパゲッティの皿を二つ、和子と村瀬の前に運んできた。食前酒のワインもとらなければビールもとっていない。美食家の村瀬にしては、不思議な現象だと思いながら、大木は、村瀬の好きなヴァン・ロゼエを一瓶とピッツァを注文した。

「ここのピッツァ美味いですよ。別に一皿いかがです」

大木は社交辞令のつもりで和子にむかっていうと、和子は即座に、

「あたくし、大好き！　いただくわ」

と応じてきた。若々しい声と率直ないい方が和子のそれまでのどこか、しょんぼりした影をふき払い、いきいきした娘にみせてきた。

注げば、美しいピンク色のロゼエも、馴れた手つきでグラスを持ち、さも美味しそうに、くっくっと乾してしまった。

「実はね、原田さんは、全財産を掏られてしまったんだよ」

「ええっ、何時《いつ》」

「どうも午前中らしい。デパートで一時間ばかり、ぐるぐる廻っているうちに、気がついたら、ハンドバッグの口が開いていて、すっかりやられていたっていうんだ」

「トラベラル・チェックもか」

「う？　うん、そうだ」

その村瀬の答え方に、曖昧なものを感じたけれど、大木は、和子の災難に同情する気持の方が強く、体を乗りだすようにしていた。

「幸い、飛行機のキップだけは、残ってるんだよ。ただし、うちの線は帰りの飛行機が、明後日まで出ないんだ」

「ふむ」

「あと五十フランぐらいしか手許にのこってないっていうんだろ、ホテル代もないっていうわけだ。明日まではイタリアの方へいってらっしゃるスケジュールだったから、ぼくは安心してたんだよ。さっき事務所に突然見えて、昨夜イタリアから帰っていて、今朝この事件だっていうわけだ」

「それはお気の毒だね、そういう例、よくあるの」

「いや、ぼくが受持ったお客さまではまだ初めてのケースだよ」

和子は村瀬の説明する間、時々、相槌をうつように上目づかいに大木にうなずいてみせる外は、せっせとスパゲッティとピッツァをたべていた。ナイフとフォークの使い方も洗練されていて、どこへ出しても恥ずかしくないマナーだった。

「あたくし……帰りたくない帰りたくないと思っていたから念がとどいたのかしら」

突然、和子が手と口の動きをとめると、そんなことをいいだした。

「だって、帰らないったって、お金がなくなりゃあ、泊ることも出来ないじゃありませんか」

村瀬が幾分腹立たしそうにいった。

「どこか、あたくし使ってくれるところがあったら、もっと、パリにいたいくらいだわ」

村瀬が露骨にうんざりした表情をみせて、大木に目くばせした。少しイカれた女だろとその目が語っている。大木はまだ村瀬と和子の本当の関係が摑めない気持で、ふたりのやりとりを観察していた。

やがて、きれいに皿をあけてしまった和子が化粧室へたっていった。村瀬は待ちかねていたように、右手の人さし指で自分の頭の横にくるくる輪を描いてみせながら、

「大分これだけど、可愛い娘《こ》だろ？　掏られたなんて、俺は嘘だと睨んでるんだ。奴さん来た時は五人づれだったんだよ」

「あとの奴はどうしたの」

「それが、さっぱりわからんのだ。みんなロンドンに残ってるっていうんだけど、怪しいもんさ」

「どんな一行だったの」

「製陶会社の重役と、そのお供だよ。腹の出っぱったその親爺を、あいつはパパ、パパって呼んでたよ。もちろん、パトロンの方のパパさ、戸籍は赤の他人だ」

「あんなに若くてもう二号か」

「若くみえるけど、もう二十三だぜ」

パスポートを見ている村瀬のことばは、こと女の年齢に関しては間違いない。とにかく会社の事務所へやって来て、泣きつかれて仕事にならないから、午後から夕方まで和子を預かってくれというのだった。多くの観光客のように、和子ももちろんフランス語などはさっぱりわからない。

「ひどいブロークン英語で、買物なんか強引にしてるけど、とても一人歩きさせられやしないよ」

大木は村瀬がぷりぷりいいながらも、和子の可憐な美貌の魅力で、結構特別の面倒を見る気になっているのを見抜いておかしくなった。

「今日に限って、大切な団体客が三組もつくんだ。その面倒みてやらなきゃならないから、どうしようもないんだよ。頼む、夕方まで預かってくれ」

そこへ和子が帰ってきたので二人の男はさりげない表情にもどった。結局、村瀬は仕事にせかれていて、二時までに、オルリー飛行場へ団体客の出迎えにゆかなければならなくって、ひとり、そそくさと去っていった。


原田和子は、大木の車でブローニュの森へ向かいながら、ようやくほっと胸を撫でおろす気持だった。旅行物の出版ばかりやっている出版社の特派員という大木の職業など、和子にはどうでもよかった。先ず必要なのは、明後日まで自分を泊めてくれるベッドを探すことが先決問題だった。九十パーセントは確実だと思っていた村瀬に、にべもなく扱われた時は、さすがにはじめて心細さが身にしみて、嘘泣きではない、ほんものの涙が滲み出てきたものだった。一見、気弱そうに見えた村瀬が、いざとなると意外に強硬で、頭から和子を追っ払う算段ばかりしかしないのが和子にも読みとられた。それに比べると大木の方は、柄は村瀬より大きく、髭あとなど濃いし、しこしこした筋肉質で、見るからに男性的らしいけれど、はるかに扱い易い甘い人間だと和子は読みとっている。こんなに早く帰国するのは、どうしてもがまんがならない。

はじめ魚住源蔵のヨーロッパ行きに同行をせがんだ時は、たとい一日でもいい、ヨーロッパの土が踏みたいという執念しかなかった。名古屋に生れ、名古屋に育った和子は家が貧しかったので、つい二、三年前までは東京も、大阪も知らなかった。学校時代の修学旅行も一度も行かせてもらったことがなかった。父は腕のいいブリキ職人だったが、アル中に近く、呑みだしたらぶっ倒れるまで呑みつづける。つまり、年中酔っぱらっている状態なので、仕事が出来ない。母の内職でどうにか細々食べていた。和子も小学校に上る頃から、もう食事の支度くらいはして、母の内職の時間を浮かせてやるという役目を受け持っていた。和子の下に二人の弟がいたが、そのお守りからおむつの面倒を見るのまで、幼い時からの和子の仕事だった。勉強は好きではなかったので、学校を休まされるのは苦痛ではなかったけれど、みんなが楽しみにしている旅行に行かれない時ほど辛いことはなかった。

——大きくなったら、大阪へも、東京へも、北海道へも行ってやる——

それが和子の貧しさを支える夢になった。中学を出るのを待ちかねて、ラーメン屋の住込み女中をふりだしに、転々と職を変った。職が移るのは和子の意志ではなく、いつでも誰かしらの強引な引き抜きで移らされていく。職が変る度、和子の給料は上り、和子自身は磨かれていった。繁華街の男物洋品店の売子からバーへ引き抜かれたのが十八の秋だった。ホステス業に足を踏みいれてからも、目まぐるしく店を変った。町でも五指の中に入るハイクラスのバー「メルキュール」に移ってからようやく落ちついた。十七の時失った処女への郷愁は遠いものになり、和子はもう、自分の上を通っていった男の数を数えきれない。「メルキュール」でナンバースリーを下ったことのない和子が、何となく同輩に軽く見られるのは、男関係がルーズだという噂のせいとしか見られない。和子は一向にそんなことを気にかけてはいない。男はそれが目的でバーへ通っているのであり、馬鹿金を使っているのだと思っていた。和子は客席では口数の少ない方だった。自分は教養がないのだから、黙っている方がぼろが出ないですむと考えていた。ヒロコや由美のように、客と気の利いた会話のやりとりが出来ないかわり、たいていの客の悪戯にはだまってがまんしてやった。せいぜいが、しつこく服の上から撫でまわしたり、隙さえみせれば、こっそり背中のファスナーを外してみるくらいだった。男たちは和子にむかって酔うと判で押したように、

「和子ちゃんはいいねえ、お前さんに逢うとほっとするよ。トルコ風呂に入ってるみたいな気分になるよ」

という。

「あたしが馬鹿だから、気が安らぐっていうわけでしょう」

「おや、わかってんの」

「どうせそうですよ」

唇をとがらせてみせても一向に険がない。仲間うちでは、カマトトだと口惜しがるむきもあるが和子は何をいわれてもにこにこ聞き流していた。気分にむらがなく、いつでも幸福そうににこやかなのが、客の神経を安めるのだという計算など、もちろん和子にあるはずはなかった。

魚住源蔵は和子にとって、はじめてのパトロンではなかった。最初のパトロンは、「メルキュール」に移る前の「おとよ」というバー時代の男で、顔も金放れもよく、和子は半年ほどの間、生れてはじめて幸福とはこういう状態をさすのだろうかと思った。エレベーターつきのマンションに住まわせてくれたし、服も一カ月に二着はつくってくれた。何より川野というその男の強靭な性の前に、和子は骨がとけるような快感と陶酔を教えられた。

「そのうちパリへゆこう」

というのが川野の口ぐせだった。桑名の大地主の二男坊で、自分は友だちと新しい製薬会社をやっているというふれこみを和子は疑ったことがなかった。というより和子は、男たちが語る自分の商売が、いつの場合でも、すばらしく景気のいい話のように聞えるのだった。満ちたりた性愛を交わした後に、たいていの男たちは、腹ばって煙草を吸いつけ、そんな自分の仕事について語りたがる。和子は男たちが、自分の仕事について語る時のひきしまった、或いは和んだ、或いは自信にみちた表情が好きだった。そんな時、男はたいていい話のとぎれめにちらっと和子の顔をふりかえる。和子が快楽の名残りでまだ上気している頰をゆるめ、うっとりした目付で、自分の方をみつめ、自分の声をうながすようにひっそりしているのを見ると、またことばをつづける。

「いい仕事ねえ。大変そうだけど」

どの男にもそういう時、和子は心からそう思っていた。

川野のつくる化粧品とは、沖縄の沖にいる海蛇の精分からつくる若がえりクリームだということだった。強力すぎて和子のような若い肌には不必要だけれど、製造が追いつかないくらい注文があるのだという。税金がばかばかしいから一切宣伝しないのだけれども売れて仕様がないという話に、和子は心から感嘆した。そんな薬を川野が発見したという能力にも、その実をとる経営方針にも川野の頭の良さがあふれているように思った。

貧乏ゆるぎすることと、眠っていて、歯ぎしりの強いことをのぞけば、川野は和子にとって、これまでの男の誰よりも好もしい人物だった。けれどもある朝、川野のノックだと思ってドアをあけた和子は、知らない男たちにいきなりふみこまれた。男たちが警察の人間だとわかった時も、和子は事態がのみこめなかった。

川野が、阪神を根城にした密輸団の一味だったと聞かされても、和子はぽかんとしていた。店に残された川野の未払い金三十八万円とアパートの始末やらで、五十万ばかりの借金を背負いこんで、「メルキュール」へ移った時、ようやく川野にだまされていたという実感がわいた。

魚住源蔵は川野とは全くちがっていた。五十六歳の源蔵は、確かに実在するれっきとした製陶会社の重役だったし、いよいよ源蔵の世話になると決めた時には、川野に懲りて、和子はこっそり鳴海にある源蔵の家までたしかめに出かけておいた。源蔵は川野のように金放れはよくなかった。川野といたマンションよりはるかに格の下がる現在のアパートを訪れてみても、引越しの必要は認めなかった。アパート代の外に月五万の手当で、それ以外はびた一文出そうとしない。週三回は正確にやって来て、その時のアパートでの飲食費は一切和子持ちになる。

事の終ったあと正確に四十分眠り、和子に起させて、そそくさと帰っていく。源蔵の来るのは、たいてい昼食時だった。若い頃、陶器の研究のためヨーロッパに暮したという源蔵は、ランチタイムの情事が、最も生理的に自分の体質に合っているのだという信条を持っているようだった。同時に源蔵の要求は、ベッドの中でも専ら女に奉仕させることだった。和子はこんな源蔵を選んでしまったことを、半年もたたないうちに後悔していた。川野に懲りて、年寄りの方が安全だと思ったのはつくづく浅慮だったと思う。愛してもいない男の肉体に、愛している男にしかしたことのない愛戯を強いられると、咽喉まで嘔吐がつきあげてきそうだった。見るのも厭で、和子はいつでも目をつぶって、その拷問をそそくさと片づけようとする。それでも嘔吐を堪えるために口をはなした時は必ず目尻に涙が滲みでていた。

さすがの和子も源蔵との関係は、三カ月もたたないうちにつくづく厭になってしまった。とんでもなく割のあわない取引きをしてしまったような後悔があった。和子はその気持のやりきれなさを、源蔵の秘書の北村にぶっつけた。北村は顔色の悪い小男だったが、源蔵にはその才能を買われている。中学時代から源蔵が学資を出した源蔵の遠縁筋の者だと和子は聞かされていた。毎月、二十五日に、北村は源蔵の引きあげるのと入れちがいに和子を訪れる。ハトロン紙の封筒に入った五万円也を和子に渡し、和子の領収証をとって帰るのが役目だった。北村が来るとわかっていて、和子は起き上れないでいる事もあった。明らかに源蔵の体臭のこもっているる部屋はみだらがましい乱雑さがそのままになっている。薄いカーテン一枚で辛うじてダブルベッドをかくしているせまい部屋に、北村は通されても顔色も変えない。度重なる訪問のうちに、和子もつい、北村にむかって源蔵へのぐちの一つも打ちあけるようになっていた。

「こんな割の悪い関係、本当は一日も早くすっぱり清算したいのよ」

素裸の上に、辛うじてガウンをひっかけただけの和子が、足を組むと、なめらかな素脚の奥までこぼれて北村の目に映るのを和子は気づきもしないでつづける。

「あたしの前は、パパはいったいどういう人とだったの」

「芸者上りでしたよ」

「あら、芸者ってのは、すごくお金がかかるんじゃないの」

「でも、その人はもう年とっていましたからね。小唄の師匠なんかもして……」

北村は当らず障らずのことをいって、和子の相手をつとめ、和子の神経が喋ることによってなだめられたところをみて、すっと引きあげていく。帰りぎわの文句は、決っていた。

「そのうち、いいこともありますよ。お互いがまんですね」

北村のいういいことがようやく廻ってきた時は、源蔵とそうなって二年近く経っていた。源蔵が和子をヨーロッパの旅につれていってやるといいだしたのだ。

「ほんと？　ね、それ、ほんとの話？」

和子は源蔵のことばが信じかねてうるさいくらい源蔵にたしかめていた。下りたパスポートを北村が届けてくれた時、ふいに和子は川野を思いだした。別れてから思いだしたこともない川野が、あんなにパリにいきたがっていたのにと思うとわけのわからない涙があふれた。

ブローニュの森の中の島につくと、和子は池を渡す舟から上る時、つかまったままの大木の腕を放そうとしない。

ちょうど昼食の過ぎた時間なので、レストランの庭に出したテーブルに人影は少なかった。

「静かねえ」

和子はため息をつくように囁いて庭をとりまいている森の大樹を見上げた。どこかで小鳥の声が聞えた。大木が飲物を注文すると、和子はハンドバッグの中から五十フランをつかみだし、白いテーブルクロスの上に置いた。

「これ、大木さんにお預けしておくわ。全財産なの、これでお払いして」

「だって、あとどうするんです」

「飛行機が出るまで悪いけどお宅か村瀬さんのところへ泊めていただきたいの、床の上でも、椅子の上でもあたし眠られるわ。お掃除やお洗濯はこれでもうまいの。料理だって、半年はクッキングスクールに通ったの」

大木は和子の売込みのようなことばが面白くて思わず低く笑った。この時、熱いコーヒーが運ばれてきた。和子のしなやかな指がカップの柄にかかった時、大木はわれながら弾んだ声をだした。

「その指輪、どうです。金になるでしょう」

和子が一瞬きょとんと大木をみつめたが、すぐ自分の右手を大木の方へつき出してきた。

「だめ、このキャッツアイも、ダイヤもイミテーションなの、パパが自分がついてるかぎり、イミテーションで結構だって」

云ってしまって、和子は、あらと、指輪の光る掌で口を押えた。見張った目が、童女のようなあどけなさで輝いていた。大木は苦笑しながら自分でも思いがけない優しい声をだしていた。

「知ってますよ、村瀬から聞きました。その社長さんだか、専務だかのパパはどうしたんです。ロンドンの居所わかれば電話してあげますよ」

「だめなの、あたし、しくじっちゃったのよ」

「へえ」

「お払箱なの、お金も実は本物のダイヤもみんなパパにとりあげられて、帰りのキップだけわたされて捨てられちゃったんです」

一度口にしてしまうとせいせいしたというように、和子はけろりと自分の方から打ちあけ話をしてきた。自分が名古屋でも有数な高級バーのナンバーツーとかスリーとかだという時は、その小さなひきしまった顔が無邪気な誇りで輝いた。

「そういっちゃ何だけど、日本に帰れば、大木さんや村瀬さん、あたしのお店なんかよりつけないようなとこよ」

「ほ、ほう、そんな名流ホステスをこんなに近々拝ませてもらえるとは光栄の至りですね」

皮肉をいっても通じない和子は、いっそう勢いこんで、

「ええ、でも、お世話になるんですもの、おふたりは特別だわ」

大木は本気で怒る気にもなれないで和子を喋らせておいた。喋っている声も顔も可憐で、さっきからひとりで雑誌をひろげながらコーヒーをのんでいる向うのテーブルの初老のフランス人が、そそられたような目つきを和子に注いでいるのに大木は気づいていた。

和子は自分の身分を大木に打ちわってしまった後は、まるで懺悔僧の前に坐ったように、すらすらと、今度の旅の失策を語ってしまった。

一行には秘書の北村も加わっていた。英語とフランス語の会話を、北村はこんな場合のための用意に、日頃からみっちり習得してあった。事務的能力にかけては源蔵の手足のような男で

もあった。他の二人の社員は、パリから別コースで廻ることになっていた。和子は二人の社員の手前は一応、親類の娘ということにつくろってあったが、二人の社員も和子と源蔵の関係はとうに察していた。それでもお嬢さんという呼び方で和子を扱い、源蔵の見えすいたお芝居にばつを合せてやった。二人とも部長クラスで、北村は三人の上役のために、出発以前からこき使われるはめになった。旅程のきめ方一つにも三人三様の意見が出るので、一つのことを決めるのに北村が三人の間を駆けずり廻らなければならない。一流ホテルでは戸籍上の夫婦でない源蔵と和子を一つ部屋に入れることが出来ない。そこを交渉して源蔵にも満足させ、他の二人の上役にも文句をださせない手配をすることまで北村の責任にかかってくる。

いよいよすべての手続も終って出発という前夜、北村は突然、和子の部屋に訪ねてきた。もうその日から和子が店は休んでいるのを北村は知っていたし、源蔵が明日の出発をひかえ、今夜は決して和子を訪ねないのも北村にはわかっていた。

ドアを開けた時、和子は北村の幽霊が訪れたのかとぎょっとした。それほど、その夜の北村は疲れはてて見えた。

「和子さんの荷物のキロ数を正確に訊いていなかったから」

それが訪問の口実にすぎないのは和子にもすぐわかった。目を窪ませ、鼻の両脇にどす黒い翳をつくっている北村に、和子はまず、ブランデーをすすめた。明日からの旅行に、自分にとっては誰よりも頼りにしなければならないのが北村だということがわかっていた。北村がブランデーをのんでいる間に、和子は卵とレモンと蜂蜜をシェーカーで振り、栄養飲物をつくってやった。

「さあ、これおのみなさい。即効薬だから、ぐっと元気が出るわよ」

「煙草何箱の値につきますかね。高いものだな、強精ドリンクは」

北村はそんなことをいいながらも一気に黄色い液体をのみ下した。

「ああ、うまい」

「で、しょう。とても精がつくのよ」

「和子さんと専務のベッド用ですか」

「いやなことというのね北村さんも」

それでも、みるみる北村の頬に生気がみなぎり、酒の酔いも廻ってか、人間らしい皮膚によみがえってきた。和子も異常に興奮している出発前夜だったから、北村でも話相手にいてくれるのがはりがあった。

「お互いに長いがまんしたものね」

「でも、やっぱりいいことがきたでしょう」

「あたし、今夜になって、北村さんにお礼いいたいわ。あなたがあのお使いでなきゃあ、あたしとっくに短気だして、あんなお爺ちゃんなんかとけんか別れしてるもの」

「ぼくは、どんなにあがいてみても、今よりましな勤めにはつけないと思って、自分を殺してるだけですよ。でも和子さんはぼくとちがうんだ。女はちがうからな、この旅行がすめば、もうぼくはあなたがどうしようと、とめやしませんよ。でも二十代で、人の金でヨーロッパへゆける人間はそういないからな。チャンスは利用し、摑まなきゃあ損ですよ」

北村は珍しく口調に熱をおびてきた。和子がすすめると、ブランデーを三杯のみ、あげく、黄色い飲みもののお代りを注文した。

「ああ、酔っちゃった。でも、これで今までの疲れがすっかりとれましたよ。おかげさまです」

立ち上った北村はよろめいてテーブルをつき倒しそうになった。思わずささえてやった和子の肩が摑まれ、その手がなかなか離れなかった。

「どうしたの、大丈夫」

見あげた和子の唇が性急にふさがれていた。ほどなく抵抗するのを止め、和子は北村の下に柔らかく体をのばしていた。明日の出発におくれないかという懸念だけが、やがて高潮のようにつきあげてきた快楽と共に頭を貫きひろがっていく。

空港では、和子が一便早く羽田に出発していたので、バーの仲間は、和子を見送っておいて、そのまま、源蔵の一行を待って送った。羽田でおちあった時、北村は目を赤く充血させていたけれど、普段よりいきいき見えた。和子も北村も、出発前夜のことはお互い暗黙のうちに、一回きりの想い出として葬り去るつもりだった。やせた小男の北村が若さだけではないねばり強い性の持ち主だということを知ってみても、和子はまだ源蔵を北村に乗りかえる気にはなれない。けちのくせに、高圧的で威張ってばかりいる源蔵に、いい気味だという気持はあったし、一つの秘密で源蔵を共に嘲っているという共犯者同士の親近感は北村に抱いていた。

旅はつつがなく運び、和子のどの町でも人目をひく美しさに、源蔵は改めて和子を見直したようだった。店でもマダムは和子のことを外人好みだときめていたが、和子自身、自分のどこがこんなに外人の目をひきつけるのかわからなかった。小柄なことも、鼻のひくくまるいことも、お世辞にせよ、外人は可愛いということばでほめてくれる。

旅に出て、和子は北村に対しても目を見はった。あの貧相でいじけたような北村が、どうしてこうまで潑剌と見えてくるのだろう。日本語を喋る時は無表情で伏目で、ほとんど唇を動かさない北村が、外国語となると、顔の表情がいきいきと生気に輝き、手や軀までことばにつれて相手に語りかけている。和子の目にはそんな北村が三つも四つも若がえってみえた。けれども北村の正しい年齢を和子が知っていたわけではない。北村武という名前も、今度の旅行ではじめて覚えたようなものだった。だからといって和子は、北村とのあの一夜のようなことを今更繰りかえす気は、さらさらなかった。

ベニスで、もう一度そんなことになったのは、いわば旅愁のさせた、ものの拍子みたいなものだと和子は今でも思っている。

その夜は源蔵だけが招かれる公式の招待があった。源蔵はすすまない気持をひきたて、それでもダークスーツに白いネクタイを結び、夕暮から出かけていった。いつもは源蔵のそばを一刻も離れない北村も、旅に出てはじめて解放され、かえってぼんやり神経のゆるんだ顔付をしていた。

ホテルの食堂の外にテラスがはりだしていて、その下に運河の波がひたひたとうちよせていた。物音を川水が吸いとってしまうせいか、ベニスの夜は無気味なほど静かだった。ホテルのテラスについたランタンの硝子が薄紫で何かの花びらのようにみえるのも、硝子をつくるベニスの町らしい風情だった。昔の貴族の邸宅だったという川向うの旧い建物の窓々にも、灯の色が花のようにふるえながら濃くなっていく。

ゴンドラが物静かに川を上り下りしている。黒塗りの粋な細身の舟の中でぴったり頰をよせあって揺られていく男女は、絵の中の人物のようで、およそ人間くさい感じはうけない。白い大橋のほのかに浮かぶ遠い川下から、舟唄が次第に上ってくる。

和子は大きなため息をはいた。ホテルの食堂で北村とふたりきりでおなかいっぱい食べたあと、このテラスで食後のブランデーをのんでいると、現在の幸福さに軀じゅうがふるえてきそうな充足感があった。傍に、源蔵の腹のつきでた脂ぎった軀がいないということも、いつもの夜とはちがっていた。

和子はふっと、「メルキュール」のマダムの霞の話を思いだした。「メルキュール」でヨーロッパへ来たのは、和子の外にはマダムしかいなかった。去年の春、海外旅行の枠が外されると同時に、霞はいち早くパトロンの安岡と欧州一周を実現した。

安岡は六十七歳の不動産屋で、貧困から裸一貫で叩きあげた男だった。「洋行」という大時代なことばで、自分の生涯の夢が果される喜びを表現していた。帰って来た霞は和子たち二、三人の腹心を自宅に招き、土産の分配をしたあげく、しみじみした口調でいった。

「うちのパパさんももうだめね。いくら日本で五十なみだって強がってみせても、あっちへいくと神経使うせいかさっぱりだめになっちゃうのよ。それに何をみても絵葉書と同じじゃないか、絵葉書の方がきれいじゃないかっていうの。ただベニスのホテルでね、二人で川をゆくゴンドラをぼんやりみてた時、ふっというのよ。もうおれはこの景色を二度とは見ることが出来ないな、お前は若いから、またちがった男とくることもあるだろう。そのことを想像するとやっぱり嫉けてくるねだって。あたしもついほろりとして、その時はパパのことときっと思いだして、ここから川に花を投げてあげましょうっていっちゃったの。やっぱりね、むこうへは、若い男といくべきよ。年寄りじゃ陰に気がめいっちゃうわ」

和子は思いだすままに霞の話を北村に聞かせた。

「今、ぼくが考えてた通りだな。今ちょうど、ぼくはもうこういうチャンスは二度と来ないかもしれないけど、和子さんは……と思って淋しくなってたところなんです」

「あら、どうして、北村さんこそこれから出世次第じゃないの」

「人間にはね、どうしようもない格というものが生れながらあるような気がするな。ぼくはどうあがいてみてもせいぜい、こんな程度止りの生涯のような気がする」

「心細いのね。若いくせに。男ってもっと、冒険しなきゃあ。当って砕けろじゃない？」

北村の目が急に光を加えて和子を見据えたように思った。

和子たちの泊っているそのホテルも、昔は相当な貴族の大邸宅だったのをそのままホテルに使っているらしく、ヨーロッパの他の町のホテルに比べて、無闇に大きな廊下や無駄な広間があちこちにあった。和子と源蔵の部屋も、次の間つきの豪華な広い部屋で、その入口は部屋より広い広間になっていて、古風なシャンデリアが重々しく下っている。床は精巧なモザイクで固められており、広間の壁には、暗褐色の絵具で荘重な感じの戦いの図がいっぱいに描かれていた。薄暗いシャンデリアの灯は広間の隅々まではとどきかね、そこには無気味な闇がゆれていた。その広間を通らなければ部屋に入れないのが和子には怖かった。血腥《ちなまぐさ》い戦いの図も、子供の頃、何かで見た地獄絵のような恐怖を誘ってくる。旧い貴族の家系に必ずまつわる怨恨や呪いが、その広間の闇のあたりから漂い出てきそうな気がする。和子はここを通る時は源蔵の手にしっかりととりすがり、大急ぎで自分たちの部屋にかけこんでいく。

北村に送られ、自室に帰りかけて、和子はふとその広間の無気味さを思いだした。同時に、これまで気にかけたこともない北村の部屋が心にかかってきた。

「北村さんはどんな部屋？」

「ここは昔の部屋をそのままに使っていますね、ぼくの部屋は小ぢんまりして、家庭教師か、子供の部屋だったのじゃないかな」

「あら面白そうね。見たいわ。運河に面してて？」

「ええ、窓からのぞくと、ずっと下の方に運河が流れていますよ。その幅がせまくて、隣の家の中がまるみえです」

広間の反対側の廊下を曲った突き当りに北村の部屋はあった。廊下に沿った小部屋は今でもメイドの部屋らしく何かを灼く匂いがただよってくる。その前を通る時、ふたりの足は申しあわせたように厚いカーペットの上でひそみがちになった。その廊下もまた光に乏しく、まるで穴倉へ通じる道のように秘密めかしかった。

ベッドと洋服箪笥でいっぱいのような小さなその部屋へ和子を先に入れ、北村は後ろ手にドアをしめた。ふりむいた和子の目に、覚えのある北村の情欲にあおられたなまなましい表情が映った。

「鍵しめたら」

和子の声と同時に北村が低い呻き声をもらし、鞭を喰った獣のように飛びかかってきた。

オペラ座の近くキャフェの椅子に和子を待たせておいて、大木は村瀬と約束していた七時に彼の事務所を訪れた。もう仕事はすっかり片づいたという表情で、村瀬は大木の来るのを待っていた。

「どうでした」

「どうでしたもないもんだよ。おかげで午後はすっかりお守りでつぶれたぞ」

「別に急ぎの仕事もないくせに」

村瀬の憎まれ口に大木は笑ってとりあわない。もともと旅行案内の叢書であて、それ専門の出版社のようになった大木の勤め先で、海外旅行版を狙い、その下準備と調査のため派遣されているのだから、大木は村瀬に今日のような役目を押しつけられてもいい暢気な仕事ぶりなのだった。

「それで、やっこさん、どうしてる」

「パムパムで待たせてある。彼女すっかり安心しきってるよ。ふたりのどっちかの所で泊めると決めこんでる」

「そら、ね、そうくるだろうと思ったんだ」

「くじ引きにするか?」

「いや、口惜しいけど、商品には手を出せないんでね。潔くおりるよ」

「嫉けるだろう」

「がりがりの黒焦げだ。畜生」

村瀬は口ほどでもない明るい表情を崩さない。新しいパリジェンヌとの首尾がかなう前には、いつもこういう表情をする男だと、大木は見抜いて笑っていた。

和子がベニスで、源蔵の秘書の北村との情事を源蔵に発見された話を伝えてやると、村瀬は手を叩かんばかりにしていった。

「ほら、やっぱりそうだろう、そんなとこだろうと思ったんだ」

その晩、出先で腹工合がおかしくなり、予定をきりあげて帰ってきた源蔵が、自分の部屋へゆくより先に、北村の部屋を訪れたのは虫が知らせたというのだろうか。ドアの外まで洩れてくる女の声が源蔵に一切を悟らせた。しぼりあげるような細く鋭い和子のその声を、源蔵は聞きちがえるはずはなかった。

「しかし、ひどい奴だなあの秘書め、自分だけ、ぬくぬくおさまって、女の放り出されるのを見殺しにするって手はないよ」

「おやじが放さないんだそうだ。男はまだ旅先で役に立つしね。自分の手許にひきつけておいた方が少なくともそれ以上嫉妬をあおられないからな」

「ま、よろしく頼むよ。ただしお忘れなく。出発は明後日十一時、三日しかないよ……キャンセルするなら、前日いってくれ」

村瀬は、和子を迎えにゆく大木を送って扉口までくるとつけ加えた。

「おせっかいだけど……日本の女はどこの女より巣作り本能が強く、居坐りたがる人種だぜ。青写真、青写真」

大木はそれには返事をかえさないで手を振って出ていった。

村瀬の「青写真」というのは、彼の人生の青写真のことで、村瀬によれば、女といくら情事を重ねても、情事と結婚はあくまで別問題にするというのだった。そういう情事の外に、村瀬自身の「人生の青写真」がちゃんと描かれている。結婚の相手なら、家柄と、実家の経済力と、女の処女性が条件になる。もちろん、女の性質は家庭的で貞淑で母性型にかぎる。そういう女を、恋や情事の相手にすると、およそ魅力を失うのは百も承知なのだ。

村瀬に情事の絶え間がなく、そのくせ、村瀬と別れた後の女たちから村瀬の悪口を聞かないのは、最初から別れを計算した、ほどを心得た村瀬の情事に、女は本能的に不信を抱き自分の逃げ路もつくっておくせいなのかもしれなかった。

村瀬の青写真説のドライさを、一応認めながら、大木が決してそこまで冷たく割り切れない人間なのを村瀬が一番見抜いていた。

その晩、大木は和子に日本料理を御馳走してやり、十時すぎて自分のアパートへつれかえった。

「ベッドは二つあるんだけど、一つはこわれてて使えないんだ」

からかうつもりでいった話を和子は真直ぐ受けとった。

「いいわ。あたし、床の上でも平気」

そのみじんも疑わない素直さに、大木の方でひっこみがつかなくなった。

「バネがこわれてるんだ」

またいわでものことばを重ねてしまう。和子は小ぢんまりまとまった大木のアパートの部屋を物珍しそうに見廻した。家具つきで、シーツ一枚で引越せるのだということが、和子にはこの上もない便利な制度だと目をみはらせる。

大木がベッドのシーツをかけかえようとすると、和子はとんできて手伝った。

「さ、おやすみ。ぼくは長椅子で眠るから」

明朝「こわれているベッド」に寝ている大木を発見したら、和子がどんな顔をするだろうと、愉しくなった。

「大木さん……いいのよ……あたしのこと、お嬢さん扱いしてくれなくっても……さっき話したでしょう。どうせ、そうなんだから」

和子は頬を赤らめながら、云いにくそうにそれだけいった。大木がことばもなくそんな和子の顔をみまもっていると、いっそうどぎまぎして和子はことばをついだ。

「誤解しないでね。でも、本当にお礼の仕様がないのよ。今夜の御食事だって」

「それで、きみの出来る方法で、支払うっていうの」

大木の声がかすれていた。

「そんな……そんな支払うなんて、でも、あたし、悪いんだもの、それに……大木さんてやさしい親切な人のようで、好きになっちゃったの」

大木は、一瞬、和子の職業を思い浮かべ、これが手管かと目をみはった。和子はますますどぎまぎして、身のおきどころもないように真赤になっていく。

「大木さん、あたし嫌い？」

和子の目がほとんど泣いているのをみて、大木は大股にベッドの端を廻っていった。小柄な

和子をすくいあげると「こわれているベッド」に軽く叩きつけた。小気味のいいスプリングに、ゆりあげられたあとで、和子は、

「わっ、ずるいっ」

と叫んで大木に飛びついてきた。

結局は一つのベッドで間にあった。

和子は男の腕の中に入ると、いっそう小さく、まるで骨のない女のように柔らかくちぢまる女だった。華奢な軀のどこからそんな力が湧くのか、大木は燃えさかる蠟燭を抱いているような錯覚にとらわれた。源蔵が聞きとがめた声はこれだと、大木が悟った時、和子は閉じた両眼から、ふきだすように涙をほとばしらせた。ぎちぎち鳴りつづける歯の間から声が洩れていた。とぎれ、とぎれのその声を必死に追っていると、ことばになって聞えてきた。

「お、れ、い、じゃ、ないの……すきだから……すきだから……」

ことばはやがて嗚咽にむせた。嗚咽は次第に高らかな泣き声になり、幼女の泣き声のように切なげな一途な力をこめたものになった。

腕の中の和子の狂態のすさまじさは、大木に女の歓びの極まりの激しさをはじめて示してくれたものであった。これまで抱いた女たちのだれひとりも、和子にくらべると女でなかったような気がしてきた。

翌日一日、和子はアパートでくるくる立ち働いた。朝、大木が事務所にゆく前には、いつの

まにか、朝食の用意が出来ていた。冷蔵庫の中の残りものを最大限に活用して、ベーコンエッグとコーンスープがつくられている。カフェ・オ・レもクロワッサンも並んでいる。自慢しただけあって、コーヒーの入れ方も、ベーコンエッグのつくり方も、堂にいったものだった。

もっと愕いたことは、荒れ放題にしておいたキッチンが、何もかも片づけられ、見ちがえるように磨きこまれていた。

事務所へゆく大木を送りだしながら、和子はつと大木の胸に軀をよせ接吻を求めた。抱きよせただけで、和子の細胞のすべてがもう瑞々しくうるおいふくらんでくるのが大木の全身に伝わってきた。化粧のあとのない素顔の、眉の薄く短い和子の顔は、稚くてなまめいた不思議な表情をたたえていた。

事務所へつくとすぐ、村瀬から電話があった。

「お早う、おや、来てるな」

「どうして」

「今日は放さないかと思った」

「それでかけてみたのか」

「ちがう、ちがう、純粋な商魂だ。お客の身の安全を心配してね。で如何でございましたか」

「今、変な気分なんだ。何だかあの部屋に、気がかりな者を残しているといった気持でね、落ちつかない。新婚の亭主野郎の心境かな」

「ちぇっ」

「いい女だったよ」

「いいかげんにしろ、だらしねえなあまったく」

大木は村瀬に報告してみると、かえって、今朝から心の中にあったいつもと調子のちがうものの正体がつかめたような気がした。

大木はパリへ渡る前の三年ばかり、人妻との恋愛に快楽と苦渋のないまじった辛い心の経験を経ていた。特派員役を買って出たのも、その昏い、出口のない恋愛に、疲れきっていたからでもあった。大木より年上の、その女は、美しくはなかったが才知があり、夫や周囲をあざむききれる周到さと、若い大木の心を引きよせたり、突き離したり、そのくせ、手綱の端はいつでもしっかり握りしめているといった彩りの濃い綾のこみいった恋の技巧を心得ていた。熟しきった肉体のそれもまた技巧をきわめた女の性への魅力もあったが、大木は女の綾目もわからないほどに手のこんだ、心理的な恋の術数にあやつられ、くもの巣にかかった虫のようにあがき悶えてきた。

ことばと肉で大木に誓いながら、決して安泰な家庭の幸福や社会的な誇りを傷つけまいとする女の打算が見えてきた時、大木は自分の腕を叩き斬るような痛さで女から遠ざかった。

村瀬の描く人生の青写真は、大木の場合は、すでにずたずたに引き裂かれている。

その日、たまたま東京から連絡があり、パリの地図出版の会社に交渉があったりして、忙しくかけずり廻ったことも、不思議に大木を充実した想いにさせていた。

陽の当るアパートの部屋の中で、鼻唄を歌いながら——その甘い歌声で今朝深い眠りから呼びさまされた時の軽い愕き——くるくる立ち働いている和子の幻影が、目を閉じるといつでも瞼の中に浮かび上ってきた。それは幸福と呼ぶにふさわしい感傷だった。

出先からの帰り、大木は下町の食料品店で、和子に注文された品々をメモをみながら買い集めた。味噌も鰹節も、納豆もからしも、日本にあるものはほとんど入手出来るようになっている。家族づれの日本人が、高い日本食の材料で、いつまでも外国で日本食をつくりたがるのを嘲っていたくせに、大木は今日に限って、それらの品々に異様な魅力を感じてくる。その店の二、三軒先の衣料品店の店先で、大木は女用のエプロンを二枚買った。そばかすのある若い売子に選ばせる時、売子はマダムのかと訊いた。大木はくすぐったい笑いをのみ下しながら、陽気に、

「ウイ」

と答えてみた。

「あらっ、あらっ、まあ!」

高い叫び声をあげたまま和子はそのエプロンをひろげてみた時、顔に灯をともしたような表

情になった。腕をいっぱいにのばし顔の前にひろげているエプロンはフリルでふちどられ可憐でエロチックな媚を持っていた。突然、和子は大木に飛びついてくると、その胸に顔を押しつけてわっと泣き出した。

「あたし、こんなにやさしくしてもらったの、はじめてよ。男とはたくさんつきあったけど、こんなやさしいプレゼントもらったことはじめてよ」

泣き声の中から、和子は子供のようにしゃくりあげあげ、そんなことをいった。

和子のつくった味噌汁に、ほうれん草のおひたし、キンピラ牛蒡、卵焼き、納豆、そんな献立の食卓に、和子と向きあっていると、大木は昨日からのことが、ふっと夢をみているような気持になってくる。こんな無邪気で素直な単細胞の女と暮すのが、男には一番理想的なのじゃないだろうか。その上、和子は若くて熱い肉体に、人並み以上に強くて敏感な女の器官のすべてを備えている。破れた青写真をつくろうにはこんな抵抗感のない女が最適じゃないだろうか。

大木のそんな想いが、和子にも映るのか、和子がふっと箸をとめていった。

「ね、あと、一週間ほどおいてみて、何でもするわ。こうしていたいわ。も少しパリをひとりで歩いてみたいわ。ほんとは帰りたくないの」

和子の帰国の飛行機のキップのキャンセルの手続にいった時、村瀬は頭から猛反対した。

「呆れた奴だな、いくら何でもそんな甘ちゃんだとは思わなかったよ。相手は商売女だよ。それも、おれの目に狂いがなけりゃあ、根っからの商売女だ。ああいう娘は、自分の意志じゃどうしようもない運命の方へ、軀ごとずるずるひっぱっていかれるんだ。女が話しただろう。これまでの男とのことだってそうじゃないか。遊ぶ相手にいい女だよ。それだけだよ」

「だから、どうってつもりはない。ただ、一週間のばしてくれっていうだけだ。その間ぼくが食わせるよ。遊ぶつもりだよ。ぼくも」

「さあ、どうかな。子供でもほしそうな大甘の人相になってきたぞ。こんなところで、日本の女にひっかかるなんて、愚の骨頂だ」

「わかった。とにかく、女がパリにいる間は、責任もつよ。だから延ばす手続してくれ」

「ぐずぐずしてたら、あの連中がまもなく帰るのといっしょになるぜ」

云うだけ云ってしまうと、村瀬は、大木から和子のキップを受取って自分のデスクの方へ去っていった。

その翌日の夕方、和子はノックの音に飛んでいってドアをひいた。

「あら」

「人ちがいしたらしいですね」

おだやかな微笑でにこにこ立っているのは村瀬だった。

「大木に頼まれたキップ持って来ましたよ」

「すみません、御面倒かけて」

村瀬は、遠慮なく部屋に入ってくると、物珍しそうにぐるぐるみまわした。

「なるほど、不思議だな。たった二晩あなたのいただけで、こうも雰囲気が変るものかな」

「どう変って？　このお部屋」

「すっかり女くさくなって、というより家庭的になったのか。花とか、壁かけとかテーブルクロスとか、椅子カバーとか」

「ふふ、何も買ったものなくってよ。あたしのスカーフやショールやふろしきを利用しただけだわ」

和子はちょっと得意そうに村瀬の視線を追って胸を張った。一週間のばしたいという和子の気持に、しっかりした考えが固まっているわけではない。思いがけない事から大木の部屋にころがりこんでみて、和子は過去のどの自分の部屋よりも居心地のいいものを感じたのだ。結婚生活とはこんなふうな朝と夜で送るものだろうか。

フリルのついたエプロンをつけて、磨きあげた台所に立つ時、窓からみえるサクレクールの白い高い塔を望みながらも、和子はまるで日本にいるような落ちついた気分になってしまう。まだ二日しか味わっていないだけに、この二日の愉しさは好きな物を口の中でじっくり嚙み味わっている時のようなコクのある感じだった。

大木のような男が、とても自分と本気で結婚してくれるとは思っていないけれど、せめて、もう一週間か十日ぐらい、和子はここで夢をみていたいと思う。

酒びたりの父に神経痛の母、二人の出来の悪い弟たち……源蔵を失ってからもつづいていく酒場暮し……今度みつけるパトロンが源蔵よりましだとはいいきれまい。選り好み出来るほど和子の経済状態は安定してはいないのだ。

考えたくないことのすべてを、おしやって、和子はもう数日、この幸福感にどっぷり首筋までつかっていたかった。

日本茶をいれてきた和子が、エプロンを外そうとするのを村瀬がとめた。

「ちょっといいものですよ。そのままでいて下さい」

柔和な目に人なつっこい光をたたえて村瀬はねだるようにいった。

「この部屋、もとはぼくの部屋だったの、聞きましたか」

「あらっ、しらなかったわ」

和子は大木から話らしい話などまだ何ひとつ聞いていないのに気づいた。ことばで話すより、躯で語りあうことの方に性急だった二晩が思いだされた。ぽっと耳が染ったのを和子は気づかないで、そそくさとウイスキーをとりに立った。

村瀬は和子が立った拍子に、左の耳朶のかげに、濃くはりついている菫の花びらのようなものをみとめた。目の前でばら色に染めあげられた耳も刺戟的だったが、菫色の接吻の跡はもっとはげしい波を村瀬の胸の中にかきたてた。

——あいつのためだ。いわば友情だな——

村瀬は、そんないいわけを思いつく自分をいつもの自分らしくないとすぐ思った。大木の留守を狙って和子を訪ねた目的にすぐもどっていった。和子にもう一度キャンセルの気持を確かめ、出来れば、予定通りの帰国をうながしてみる。そこまでには大木への友情があった。同時に、あんまりお膳立て通りに鳶に油揚をさらわれた感じの、自分の道化た立場への軽い復讐心もまじっていた。

和子の幸福そうないそいそと出迎えた表情を見たとたん、村瀬の気持に変化がおきた。大木に昨日自分が嫉妬まじりに吐きちらしたことばの実証をしてみせてやるべきだ。

「この部屋をパリに来たばかりの大木に譲って、ぼくは今のところに移ったんですよ。ここも落ちついたいい部屋だけど、今度のぼくのところは、もっとすてきですよ」

「やっぱり家具つき？」

「ええ、壁の額からその中の絵まで、バスにはバスタオルまでついていた」

「もっと広いの」

「この倍くらい、ベッドルームと居間が独立してるんだ」

「まあ、すてきね」

「車だと十分もかかりませんよ。見にゆきませんか」

「そうね……」

「大木はまだ帰りませんよ。もっともメモをのこしておけばいい」

和子は村瀬の軽快な会話にひきこまれ、ついそうしてもいい気になった。村瀬の美少女めいた、優しい風貌は、男を見馴れているはずの和子にも、心をゆるめさす作用を持っていた。

大木がアパートに帰った時、飛びついてくるはずの和子は出迎えなかった。

紅茶茶碗とウイスキーの出たままのテーブルに、村瀬の走り書きのメモがあった。

「ぼくの部屋に電話下さい。和子さん借りていきます」

メモの下に和子のキップをいれた赤いケースがおいてあった。村瀬の社の金色のマークの入ったその赤いケースから、大木はキップをひきだした時、すべてを察した。キップは、昨日、大木が村瀬に手渡した時のままで、何の変更もされていない。

和子の出発は、源蔵がきめた通り、明日の十一時となっている。

ウイスキーの残りをほとんどひとりで空けてしまった時、電話があった。

「おれだ」

村瀬の声が聞えてきた。ひくい、おし殺した声だった。村瀬のアパートに二人のいないことは、もう大木は電話でたしかめていた。

「マロニエの木に来てる」

村瀬の声はつづいた。大木の目に、暗い夜空に黒々とそそりたった大きなマロニエの大樹の幻が浮かんできた。ランブイユへの入口の、小さな鄙びた村の中に、「大きなマロニエの木」というレストラン兼ホテルが建っている。その家を週末のデートに使えと、教えてくれたのも村瀬だった。

大木の目に、マロニエの木に面した青い鎧戸の窓が浮かぶ。赤いばらの花模様のカーテン、白い水指、ヴィーナスの捧げた青銅の古風な電気スタンド……ダブルベッドの脇にある電話機……ひそめた声の村瀬の横で、死んだように深い眠りにおちている全裸の和子……

「おれのいった通りの女だったよ。やっぱり帰してやろう予定通りに。今夜二時までにそこへ帰す」

「………」

「どうする」

「わかった。いいようにしてくれ」

「怒ってるのか」

大木はだまって受話器をおろした。

最後にのこったウイスキーをタンブラーに移すと、一気にあおった。

急に押えていた酔いが花火のように体の中をかけめぐる。一昨日と昨日の二日間が、十年も昔に走り去っていくような気がしてきた。きちんとつくり直された乱れのないベッドの上に、水色の小さなエプロンが置き忘れられ、灯の色を集めていた。


〔1966（昭和41）年1月「小説新潮」初出〕

浮名もうけ

東京の千香子から、もう予防注射もしたし、種痘も終った。あとは、部屋の譲渡の問題だけ片づけばいつでも発てる。何《い》れ《ず》その時は電報でしらせるから、よろしく頼むという手紙が突然とどいた時、阿部寛夫はあっけにとられた。

薄い航空便用のレターペーパーに、男のようにしっかりした達筆で、その手紙は何やら自信ありげに書かれている。

寛夫にとっては初めての千香子の手紙であったし、千香子の字を見るのも初めてであった。

寛夫はまだ半信半疑の気持で、その短い、要点だけしか書いてない簡潔ともいえる手紙を読み直していた。手紙の模範文集にでも出ているような、無駄のない文章と、さわやかな雄々しい文字が、寛夫の頭の中に残っている千香子のイメージと結びつかない。

拝啓に始まり、早々頓首で終っている手紙には、みじんも色気がなかった。

寛夫は女に対して妙な好みがあって、容貌やスタイルより、女の文字に神経質であった。自分の字が拙いという自覚があるせいか、醜い人間が美貌の相手に憧憬するように、字のうまい女でないと全く好意がわかないのである。

頭もいいし、話も面白いし、つれて歩いても恥ずかしくない容姿の女とでも、つきあっているうち、ふと女の手紙をもらう機会があり、その手紙の字がまずく、文章が下手だと、もう二度と女と逢う気がしなくなってしまう。字なんて、人格と何の関わりもないといくら思い直してみてもだめなのである。色黒が嫌いだったり、でっ尻ががまんならなかったり、体臭が嫌だったりする、男の先天的のような好みの一つだと寛夫はあきらめていた。

その点、はじめて手にした千香子の字も文章も、予想外にりっぱなので、かえって気味が悪いくらいだった。もしかしたら、千香子に、そんな自分の嗜好をもらしてしまったのかと思ったほどだった。千香子の境遇や印象から、寛夫は勝手に千香子の字を頭の中に空想していたのかもしれなかった。

「冗談じゃないぜ」

よほどしばらくたってから、寛夫は夢から覚めたようにつぶやいた。文字のりっぱさに圧倒されて、事の重大さを忘れていたふうであった。

千香子がパリへまもなくやってくる。

千香子は当然のように、その時は寛夫がオルリー空港へ出迎えに出むき、宿の世話をし、案内《ガイド》の役までしてくれるものときめこんでいるような文面の調子である。

この手紙の日付からはすでに五日すぎているのだから、もしかしたら、今日にも千香子の到着をしらせる電報が入らないともかぎらない。

そうなると、寛夫はいささかあわててしまった。東京での千香子との会話が、社交辞令でなく、すべて本当のこととして受けとらなければならないとすれば、考えものであった。

寛夫は二ヵ月前、休暇と仕事の連絡をかね、半月ばかり東京の本社へ帰っていた。楠見千香子と逢ったのはその時が最初であった。紹介してくれたのは片岡鵜平であった。

鵜平は寛夫の病死した長兄の友人だった。ここ数年来、急に名を売りだしてきた流行作家の片岡鵜平を、寛夫は知人には、

「あいつはおれの兄貴の親友でね」

などと、さも親しそうにいってみたりしたけれど、実はほとんどつきあいらしいつきあいなどなかったのである。長兄とは十歳近くも年齢がひらいていたから、寛夫は長兄と鵜平がつきあっていた頃は、ほんの子供だったので仲間扱いしてもらえなかった。一度だけ、兄と片岡がふたりで憧れている音楽学校の女子学生に手紙を持ってやらされたことがある。女は寛夫の家の筋向かいの二階に下宿していた。兄の部屋から、夜になるとその女子学生の部屋の灯が見える。昼間はたいてい窓が閉ざされているけれど、夜オレンジ色のシェードをつけた電気スタンドの灯がともると、時々窓に女の影が大きくゆれたり、ヴァイオリンの音が聞えてきたりする

のだった。

大学生だった兄と鵜平は、その女子学生に関心を抱き、ある日ついに二人で合作の手紙を書きあげた。

「な、寛坊、お前いい子だから、これを向かいの前川さんが出かける時渡しておくれ。な、今から門の外で遊んでたら、きっと、出てくるからね。その時、渡しゃいいんだよ」

兄と鵜平はいつになく機嫌をとるようなにやにやした顔付と猫撫で声で、寛夫に頼みこんだ。

「いやだよぼく。あのお姉さんちっともしらないんだもの」

「うそをつけ、お前、この間、あのお姉さんに板チョコもらったじゃないか。おふくろがお礼いってたの聞いたぞ」

「ふん」

寛夫は、むくれてそっぽをむいた。寛夫も子供心に少なからず、その女子学生に憧れていたから、本能的に、兄たちの文使いを嫌がったのである。結局、おどされたり、おだてられたりした揚句、寛夫は兄と鵜平の手紙を、女子学生に渡してしまった。

それ以来、彼女はこれまでのように寛夫をみてもやさしく笑いかけてくれたり、板チョコをくれないばかりか、寛夫をみると、つっと横をむいて逃げだしてしまうようになった。

まもなく女は引越してしまった。

その時くらいしか鵜平は寛夫をかまってくれなかったのだから、寛夫は鵜平とほとんどつきあいもないのだ。あの遊んでばかりいて、女の後ばかりおっかけていた鵜平が、ある日、突然、推理小説の作家として登場し、たちまち流行作家になってしまったのだから、人生とか運命とかは全くわからないと、寛夫はあっけにとられたものだった。

その鵜平と、寛夫が、思いがけない親交を結ぶようになったのは全く偶然だった。

その日、寛夫は、本社から通告のあった取引関係の人間を迎えにオルリー空港に出かけていった。東京で二、三回面識のあるその男を迎え、パリのホテルへ案内してやればいいのだった。外ある通信社の特派員として、パリに渡り、寛夫は二年めになっていた。外語でフランス語を選語でフランス語を選んだ時はまさかこんなに早く渡仏のチャンスがめぐってくるとは考えもしていなかった。その通信社に入ったのも、航空会社の入社試験におちて、通信社しか通らなかったからしかたなく入ったにすぎなかった。

入った時はサラリーも安いし、会社はつぶれそうな経営状態だったのが、大資本の地方新聞に合併されて、急に経営状態が持ち直したのである。パリ特派員を置くことになったのもその機会からであり、当分結婚しないという条件で、寛夫が選ばれたのだった。

家族持ちは手当がかさむという理由から、思いがけないチャンスに寛夫が恵まれたわけである。

オルリーには予定の飛行機から、来るはずの男は降りて来なかった。かわりに、思いがけない男が、最後の客としてゲイトにあらわれたのだ。十何年ぶりで逢う片岡鵜平だった。新聞や雑誌で、鵜平の写真顔には見馴れているので、寛夫は見ちがえるはずはなかった。

出迎えもないらしい鵜平の様子をみてとると、寛夫は思わずなつかしさがこみあげてきて、

「片岡さん」

と声をかけてしまった。

「ぼく、阿部寛夫です。安夫の弟です」

「おう」

鵜平はきゃしゃな、女性的な風貌に似合わず、昔ながらの野太い声で、

「わかってるさ。きみ、阿部チンそっくりだもの、幽霊が出やがったかとぞっとしたよ」

といった。すっとサングラスの女が鵜平の横によりそってきた。つれがあったのかと寛夫ははじめて気がついた。背の高いスタイルのいい女は形よく描いた唇が肉感的に見えた。強すぎるほど香水を匂わせている。

鵜平は女を紹介しようとはせず、

「きみは？　こっちにいるのかい」

「はい、もう二年います」

寛夫が名刺をさしだすと、

「へえ、そいつは都合がいいや。じゃ、ホテルへつれてってくれないか。英語はまあまあだけどフランス語とくるとさっぱりなんだ」

「予約はどちらですか」

「そいつがまだ決めてねえ。ふらっときたんだ。うるさくないところで息ぬきしたいんだ。な、頼むよ」

寛夫は、小学生の時、兄と鵜平に恋文の使いを頼まれた時のことを思いだした。そのことを口にしたくなったけれど、今の鵜平にむかっては馴れ馴れしい口も利けない気がして堅い表情をつづけていた。

「奥さまと、ごいっしょですね」

「いや……この人……おい、挨拶しろよ」

最後のことばはサングラスの女に向かっていう。女はめがねをとって、にっこり会釈した。

寛夫は息をのんで、とっさに声も出なかった。映画スターの酒巻麗子だったのだ。そういえば、鵜平と麗子のゴシップのようなものを、週刊誌か何かで見たようなことも思いだしてきた。

「ふたりで泊れるホテル頼むよ」

「わかりました」

戸籍上夫婦でない男女を一流ホテルでは同じ部屋には泊めない。もちろん、鵜平には妻も子もあった。

思いがけないそんな偶然から、寛夫は鵜平の滞在中、何かと面倒を見させられた。麗子の方が鵜平に夢中で、寛夫が見ていられないほど手放しで鵜平にしなだれかかる。二人の間がこの旅を頂点に白熱しているのが寛夫の目にも読みとれた。

三週間ばかり、ふたりはパリの小さなホテルにひっそりと身をかくし、寛夫をガイド役にして、十二分に楽しんだ。

「あたしラッキイだったわ。阿部チャンのおかげで、とても楽しかったわ」

一日、寛夫に通訳をさせて買物を堪能した麗子は、キャフェの椅子でしみじみとつぶやいた。

鵜平は日本に送る原稿をその日一日ホテルにこもって書いていた。

「鵜平はやさしいでしょ。あたし、あんなやさしい男だと思わなかったの、これでも真剣なのよ。女優なんかやめてもいいと思ってるわ。こんな楽しい生活送ったことないわ、みんな阿部チャンのおかげだわ」

寛夫は、パリの男でもふりかえる美しい麗子に顔をよせられ、まるで恋を囁かれるような熱っぽいまなざしと口調でつげられた時、さすがに胸がむず痒くなってきた。麗子はテーブルの上の寛夫の掌に、つと自分の柔らかな手を重ねて、力をこめた。どきっとした寛夫が赤くなるのをとめようもなくあわてていると、麗子のいっそう甘い声が耳もとによってきた。

「ね、お願い、麗子が帰ったあと、あんまり鵜平をヘンなとこに案内しないでね」

小指が小指にからんできて、きゅっとしめあげられる。思いの外強い力で、寛夫は痛さに眉をひそめた。

麗子が三週間めにパリを発つ日、鵜平と寛夫でオルリーへ送っていった。寛夫の車で寛夫の運転だった。後ろのシートにいるふたりは、しきりにぼそぼそ囁きあっている。鵜平はもう十日ほど残って寛夫とスペインとイタリアへゆく予定にしていた。

空港につき、寛夫は麗子のためにまめまめしく、荷物の世話や、まだここで買いこむノータックスの酒や煙草の買物の世話をしてやった。いよいよ改札がはじまった時、ふたりが見えないので、寛夫があわてて探すと、二人は人群れの真中で抱きあって長い別れの接吻を交している。あっけにとられて見惚れていると、ようやくふたりは離れた。

「し、しつれいしました」

寛夫はふりむいた二人に反射的に頭を下げた。

「いや、なに、いいよ、きみ」

鵜平は悠々としたものだった。麗子はもっと平然としていた。

麗子の飛行機がとびたつと、鵜平は寛夫をふりかえった。

「麗子が感謝しとったよ。ところでと……これからはいよいよ男の時間だ。さあつれてってくれ。どこへでもいく」

それからの十日間、寛夫は鵜平とパリという海の底の底まで潜行して溺れこんだ。

それから一年すぎ、寛夫がはじめて一カ月の休暇をとって東京へ帰った時、鵜平はパリの返礼だといって、銀座や六本木や赤坂界隈の、バー、キャバレーをいくつとなく案内してくれた。

「麗子さんはお元気ですか」

「ああ、元気でやっとる。ぼくとはもうとっくに別れたがね」

「えっ、別れちゃったんですか」

「うん、きみ、よく覚えておけよ。女はね、八人まで男を識った後では突然、たった一人の男に身をおさめるってことがあるよ。しかしだな、三十人以上の男と寝た女は、絶対、一人の男と一年は持たないね」

「はあ、じゃ、九人から二十九人まではどうなんですか」

「きみ、研究してみろ、答えが出たら教えてくれよ、な」

寛夫はあっけにとられて、悠々とコニャックのグラスをかたむけている鵜平の横顔をみつめていた。オルリーで抱きあい、長い接吻をしていたふたりの姿がまだ瞼に焼きついている。麗子の小指の異常な強さもまだ寛夫の左の小指が覚えている。

「ところで、今度は、きみに返礼しなきゃあね」

鵜平は寛夫をその夜赤坂のアパートにつれていった。寛夫が日本を留守にしている間に急に増えた所謂高級マンションという形のもので、白い病院のような建物の中は森閑として、螢光燈のせいかまるで深海の建物の中に入ったような気がする。訪れたのは五階の一室だった。

白いドアが、ブザーの音に内からひらかれた。青白い化粧に、目ばかり強調したメーキャップの若い女があらわれた。小指の先ほどの丸い穴の中にレンズが入っていて、中から訪問客のすべてが見える仕かけになっている。

鵜平は自分の家のように、落ちついた歩調で歩いていく。アパートということを忘れるほどたっぷりしたむだな空間を持った間どりになっていた。居間とも応接間ともつかない部屋には、毛足の長い絨毯が敷きつめられ、北欧の家具がびっしり置かれていた。

むやみにランプがあり、それにすべて灯がともされている。外国の古道具屋でみつけてきたような由緒ありげなランプの光はほの暗く、どれにも灯がともっていても、部屋の中には適度な陰影がたゆたい、人の影や姿が妙に美しくいわくあり気に見えた。

いつのまにか二人の男のまわりに三人の女がひっそりと集ってきていた。蠟細工のようにそれぞれに美しい女たちだった。寛夫には酔いがさめるかと思うほど、女たちが美しく見えた。キャバレーやバーでみた女たちのすべてが消えてしまった。

ナポレオンのコニャックの匂いが空気を甘くし、そこに女たちの身動きにつれ、それぞれの香水が微妙にからみあった。

「いかがかな、ここの女性たちは」

鵜平がもう酔いの廻りきった目で生あくびをかみ殺しながら、つぶやいた。軀は一番小柄な、まだ少女めいた青くさい感じのする女の膝にほとんど倒れこんでいる。女はしなやかな指を、そんな鵜平の柔らかな髪の中にさしいれ、ゆるく動かしている。鵜平の片手が女の腰をすべり、ワンピースのファスナーをひいてもさからわない。

寛夫はあわてて目をそらせた。

「いかが」

寛夫の横の女が、ナポレオンをつぎたしてくれた。さっきドアをあけてくれた女だ。もう一人はテーブルのはしで、ひとりトランプ占いをはじめた。真黒い地にヌードの写真のついたトランプが、まるで生きもののようなす速さで女の指先からはじき出されている。

「いらっしゃい」

低いしゃがれた声がした。もう一人黒いドレスを着たやや肉づきのいい女が立っていた。何の飾りもない服が女の曲線を裸よりなやましくなぞっていた。

女が入ってくると、ほのかにわきがが匂った。女は寛夫の横に来て坐った。

その女が千香子だった。しばらくするうち寛夫にもようやく、このマンションの部屋の女主人は千香子であり、千香子をお姉さんと呼んでいる三人の若い女は、千香子の配下にいる高級コールガールだということがおぼろげにわかってきた。

千香子はたぶん、鵜平の現在の女か、さもなければ過去に相当深かった間柄の女なのだろうということも、四人の女たちの会話のやりとりや身のこなしの間から浮かびあがってくる。

その夜、寛夫は、ドアをあけてくれたヒロコという女に別室につれていかれた。千香子の部屋よりは小さいけれど、がっしりしたダブルベッドのある部屋で、情事に必要なものは、品物も雰囲気も過不足なくととのえられていた。

「パリにいきたいわ」

ヒロコはベッドに入ってから急におしゃべりになり、うわごとのようにいいつづけていた。

裸になると色の浅黒い娘で生毛をオキシフルでふき金色に光らせている。飴色のペルシャ猫を抱いているような感じがした。肌触りも脂肪の冷たさで、こちらの肌に吸いつくような感じがあった。

女はおざなりとは見えないサービスを尽し、いかにも自分も愉しんでいるという身のこなしや声を示した。

「むこうの女はこうですって」

誰に教えられたか、ほとんどパリの娼婦を思わせる扱いをしてみせたりする。バスに湯をみたし、甲斐甲斐しく背中も流してくれる。飲みものも、食べものも、適当な時に適量運びだしてくる。

大した訓練をうけたものだと、寛夫は内心舌を巻いていた。パリへ行ってからは、向うで出来た日本人の友人に案内され、一通りのことは巡ってみた後で、自分ひとりでも、もう落ちついた気分で遊び、女のベッドの中で朝を迎える愉しみも覚えていた。寛夫は日本では部屋住みではほとんど遊びらしい遊びも覚えていなかったので、商売女の情の深さや思いきったサービスなどは、パリの女だからこそ受けられるのだと思いこんでいた。

翌朝、寛夫は女に送られて帰った。支払いは、鵜平がしていると聞かされたが、女にチップを置くくらいのことは出来た。

二日たって、まだ寝床にいる寛夫に電話があった。鵜平の名を使った男の声で呼びだした後で女が出た。しゃがれ声は千香子だとすぐわかった。

「道覚えてます?」

「ええ、まあ」

「じゃ、今夜いらっしゃい。今夜は、あたしのおごりよ。何もいらないのよ。ね、御相談したいことがありますの。いらしってよ」

ぞんざいさと丁寧さのちゃんぽんの妙な口調で千香子は熱心に誘った。鵜平のことを訊くと、今朝から東北へ講演旅行に出ているという。

「五日かかるんですよ。この間話してたでしょう」

落ちついているつもりだったが、どうやらあの夜はしたたかに呑まされて、相当酔っていたらしい。千香子の話の模様では記憶に断絶があるようだった。寛夫は鵜平の旅行の予定など何ひとつ聞いた覚えがなかった。

千香子のあまりの狎々《なれなれ》しい口調に、寛夫はふっと、あの肌の黄色い女だと思っていたのが千香子だったのではないかと、ぎくっとしたほどだった。

その夜、寛夫は赤坂へふたたび訪れた。この間の女はいず、鵜平がしきりにからかっていた少女めいた目の大きな首の細い女だけがいた。

あとの二人は、すでに来客中なのだということが、千香子と女の会話の端々に匂っていた。

千香子はこの前のように寛夫に酒をすすめながら、じぶんもしきりにのんだ。

「あたし、どうしてもパリにいきたいの。鵜平さんが阿部チャンを骨ぬきにしたら、万事オーケーだといってたけどほんと？」

「知らないね、そんな話、はじめて聞きますよ」

「だって、阿部チャンのアパートはむこうでもたいそうなデラックスだっていうじゃない？日本なら十四、五万はする部屋ですってね」

「あの人の表現はすべてオーバーだよ。小説家ってみんな話つくっちゃうんだ」

いつのまにか部屋には千香子と寛夫だけになっていた。寛夫もずいぶん呑んだが、千香子もまけずに呑んだ。千香子はよほど酒に強いとみえ、いくらのんでも態度はくずれない。話はすべてパリに千香子がいったらという仮定ですすめられる。一カ月の生活費とか、物価だとか、千香子の質問はなかなか細かかった。

「旅行じゃなくて住みつくつもりなんですか」

千香子は寛夫には年齢のわからない女だった。他の三人の女と並ぶと、あきらかに十歳は年上のように見える時があるかと思うと、こうして二人きりで話していると、いつのまにか、寛夫よりはるかに若いような気もしてくる。美人という点では三人の女たちよりはるかに整った顔をしていた。動作にどこかものうそうなところがあって、それが千香子を上品な、育ちのいい女のような錯覚を抱かせたりする。相手を煙るような目で見つめるくせがあって、それが色っぽいのだけれど、めがねをかけなければ、ほとんど対座している相手の顔もかすんでいる近視のせいだということを白状した。

「片岡さんとあんたは、もう長いんでしょう」

寛夫が下手なかまをかけると、素直にうけて、

「そうね、あたしがまだ神戸のバーにいた頃からだから、足かけ七、八年にもなるのかしら」

「へえ、じゃ、もうとっくに三十こしてるの」

「いやね、十七くらいからだもの、まだようやく二十六よ」

どこまでが本当かわからないけれど、日本の女をたいして知らない寛夫は、そんなものかとも思う。他の二人は十九と二十だということだった。銀座でバーも持ったけれど、一昨年から、このマンションに移り、たしかな客だけをあげて、女は今、十人ほど扱っているという。いくら上まえをとるのかということは、さすがに寛夫も訊きかねた。

その休暇で、寛夫は見合もしてみたが、心が動かず、相変らず身軽な軀でパリに帰ってきた。それから二カ月とたっていない今日、千香子の手紙を受けとったのである。

千香子の電報は、やはり手紙のついた三日後には届いた。

その日、東京の鵜平から絵葉書も着き、千香子の面倒をみてやってくれとあった。

千香子は、サングラスをかけ、濃く塗った口もとをほころばせながら飛行機のタラップをおりてきた。

寛夫が、似たような若いサングラスの女の、どれが千香子かわからなくて、まごまごしてい

ると、千香子の方から手をあげてきた。

髪の型が変ったせいか、東京でみた時よりいっそう若がえってみえた。

「とうとうきちゃった」

千香子は寛夫を見ると安心したように、舌を出してみせた。

「ひとり?」

「ええ、そうよ、なぜ?」

「いや、片岡さんの時のことを思いだしたから」

「ああ、鵜平ちゃん、麗子といっしょだったんでしょ。あの時、ほんとはあたしをつれてってやるって約束だったのに、どたん場で麗子と出来て、のりかえたのよ。あんな女に逃げられて男下げていい気味だわ」

千香子はホテルへつれてゆこうとすると、

「あら、あんたんちでいいわよ。無駄遣いしたくないわ」

という。

「冗談じゃないよ、ホテル代が無駄づかいなんて考えるんじゃ思いやられるなあ、いったい、いくら持ってきたの」

「だって、あんたんち、二部屋あるんでしょ。いいじゃない、馴れるまで泊めてよ。はじめっからホテルなんて心細くて厭だわ」

寛夫は、千香子の強引さにおしきられて、しぶしぶアパートに案内した。不服そうな顔をみせたものの、寛夫の一方では、千香子のような女がころがりこんできたことを喜ぶ感情もないではない。

千香子のマンションとは比べものにならない寛夫のアパートを、千香子はいいところだとしきりに連発してほめちぎった。窓から見ると、サクレクールの白い塔がパリの灰色の屋根の上に浮かび出ていた。

千香子は荷物をあけると、早速、服を着かえ、

「さ、町へつれてって」

とせがんだ。北廻り十七時間飛んできた旅の疲れなど、その体のどこにも見受けられなかった。

寛夫は千香子の真意が摑めないので薄気味が悪くなった。千香子の荷物を見ると、普通の旅行者程度の荷物しか持っていない。

それでいて、千香子はパリまでの片道キップしか買ってきていない。

その夜、寛夫は千香子のために居間の方の長椅子に毛布や枕を運んでやって、一応ベッドをつくってやった。まさか自分のベッドをゆずってやる気持にもなれない。

赤坂のマンションでの二度めの訪問の時、ふたりきりになった後、結局寛夫は千香子のアパートに泊ったけれど、酒に酔いすぎ、いつのまに眠ったか覚えないほどの泥酔ぶりだった。

気がついた時は宿酔で、頭ががんがんしていた。前夜、千香子と呑んだ後が歴然とそのまま

残っている部屋のソファベッドに、ひとりで寝かされていたのだった。

千香子と何もなくてよかったと寛夫は考えていた。千香子が鵜平と関係のあった女だということは想像出来たし、現につづいている仲であるかもしれない。そういう女に手だしして、自分のセックスのすべてを鵜平に話されるのはたまらないという気持があった。寛夫は、小説家の鵜平という面にはまだ警戒心をといていないところがあった。

千香子の落ちつくまで部屋に泊めてやり、適当な時期に、安い下宿屋でも探して送りこんでやろうという腹をきめると、寛夫はようやく落ちついてきた。

「ねえ、もう寝た」

ドアの向うから、千香子は声をかけてくる。

「う、まだ起きてる」

「あんたねえ、こんなとこで三年もひとりでいてさあ、どうしてるの、決った娘いるんでしょ」

「うん、まあね」

寛夫は、たった今想いうかべていた雪枝に、千香子をみせると一悶着おこりそうだとうんざりした。

「どういう娘？」

「こっちの航空会社につとめてるよ」

「へえ、フランス語出来るの」

「ああ、あいの子だし、現地採用だからペラペラだ」

「どうしていっしょに暮さないの」

「結婚と情事はいっしょにしないよ。今の若い娘は」

「あたしがここにいると都合が悪いわけね」

「いや、このアパートじゃ逢わない」

「まあ、どうして、女の方へゆくの」

「むこうの生活ものぞきたくないね。パリにはその気になればいろいろ都合のいいところがあるさ」

「あらっ、そこ教えてよ」

「どうするんだい」

「実はね、あたし、ここで何とかやってくわ。男を拾うには一番てっとり早い方法を使うわ」

「いやだぜ、そりゃあ、どうしようとそちらさんの勝手だけれど、男を拾ってくるお世話までは出来ないぜ」

「当り前じゃないの、そんなことぐらい、自分でやるわよ」

寛夫はとんだ者に舞いこまれてしまったと思った。広島の原爆で家族全部全滅し、たまたま岡山の叔母につれられて岡山へいっていたため、一人だけ生きのこったという千香子は、神戸のバーをふりだしに、大阪、名古屋、東京と流れる間に、すっかり一人前のホステスに成長していた。

やとわれマダムを四年つとめる間に、軀のつづくかぎり、客をとり、それが評判になった時は、もう小金をしっかりとためこんでいた。

マダム勤めの足を洗うと同時に、赤坂のマンションに移り、女を使ってコールガールの世話をするようになった。

「それも二年もすると飽き飽きしちゃうわ。とり締りはきびしくなったし、今の若い娘は恩知らずで無鉄砲で、いつ何をされるかわからないし、あれでなかなか気苦労の多い商売なのよ。つくづくいやになったの」

「それでパリへ遊びに来たわけか」

「遊びにじゃないってば。だからあたし、いっそのことなら、パリでお握りやでもおでんやでもしたいのよ。とにかくもう日本はあきあきしちゃったわ」

「そんなに簡単に出来るなら、みんな開店してるよ」

「そりゃあそうでしょうけど、執念があれば出来ますよ」

千香子のけちぶりは想像の外だった。日本から来た女の旅行者は、必ず目の色かえて、買物に魂を奪われるのがおちなのに、千香子はハンカチ一枚、買おうとはしない。

そのくせ、ほとんど毎日、町へ出ては、なめるようにショーウインドウは眺めている。

「パリで買物するなんて田舎者よ。あたしなんか、はばかりながら東京でパリ製の下着でも洋服でも何でもつかってましたからね。別にどうってことないわ。ただ、ウインドウの飾りつけみるだけで、センスが洗練されるから毎日見ているのよ」

とうそぶいている。美容院へ出かけるふうもないけれど、一週間もするうちに千香子はすっかりパリ風に化粧も服も変ってしまった。

ある日、寛夫が帰ってみると、テーブルにきちんと食事の用意が出来ていて、紙ナフキンに置手紙がしてあった。

「商売にいってきます。今夜は帰らないかもしれません」

その字があんまり幼稚で下手なので寛夫は目を疑った。あの雄々しいほどさわやかな達筆はどうしたのか。あれは誰かの代筆だったのかと納得すると、寛夫は急に百年の恋もさめはてたような幻滅を味わった。その時になって、自分がいつのまにか千香子との毎日に、しらずしらず馴染みかかっていたのに気がついた。

考えてみれば、ここ数日、寛夫はわきめもふらず、オフィスからアパートへ帰っている。その頃には、千香子も帰っていて、米を炊いたり、日本の干魚を焼いたり、寛夫と行ったレストランで覚えたフォンデューの鍋の用意をしたりして待っている。千香子は、食事をしながら、今日はどことどこを歩き、どこで迷ったかなどと、子供のように勢いこんで報告する。

しゃべりながら、ちょいちょいと手早く、寛夫の御飯をよそったり、汚れた皿をかえてやったり、鍋のものをとりわけてやったりする。そんな家庭的なところが案外千香子には板についていて、そういう時は不思議にどっしりと古女房のような気易さとなつかしさが、その丸い肩のあたりから漂ってくるのだった。

寛夫は千香子のいない食卓に向かったが、一向に食欲がわいて来ないのに気づいた。幕の内弁当式につくった鮮やかな食事が灯の色を集めているのを見つめているうち、寛夫は取りかえしのつかない落し物をしたような狼狽した気持になってきた。夢中でコートをつかむと、そのまま、部屋を飛びだし夜の町へかけだしていた。

当てもなく町を探し歩き、アパートに帰って来たのはもう一時をすぎていた。鍵穴から廊下へもれている灯りにはっと胸をとどろかせたが、部屋の中は出ていく時、あわてて消さなかった灯が輝いているだけであった。

その夜、寛夫は一晩中ウイスキイをのみつづけ、明け方になってようやく前後不覚に眠りに落ちた。

千香子はその夜から終に寛夫の部屋にもどってこなかった。三日目、寛夫がオフィスに出た留守へ帰って来て、荷物をすっかり持ちだしていった。

例の下手な字で、「ちょっと今からマドリッドへいって来ます。いい鴨みつけたわよ」と書きのこしてあるだけだった。

千香子が去った後になって、寛夫は部屋に、千香子のわきがが甘く匂っているのに気づいた。千香子がベッドにしていたソファに横になるといっそうその匂いが漂ってきた。

寛夫は熱くなる軀をソファに叩きつけてまだ抱いたことのない千香子の柔らかさと、熱さと堅さのすべてを空想して身震いした。

はじめての夜、きっかけを失ってから、千香子は寛夫が自分に興味のないものと決めこんでいるように、夜になると、ソファにもぐりこんでしまう。

するといっそう、寛夫は、きっかけがつかめなくて、次の夜もまた次の夜も、ドアごしの話をしながら眠ってしまうのだった。

一度だけ、千香子はドアごしの物語に、雪枝のことをしつこく聞いたことがあった。

寛夫は相手の顔の見えない気楽さから、どんな話でも出来る気持になった。

雪枝が、外人馴れしてしまって、日本の男にはほとんど、性欲を感じないと述懐することや、寛夫との時にも正常な形では好まなくなったことなどまでいってしまった。

「ふうん、でも女の方から、それ需《もと》めるの」

「そうなんだ」

「やっぱり、その娘あんたに惚れてるんじゃないかしらね。女はそうやって、ちっともいいことないんだから……あんたを喜ばせてやりたい一心よ」

「おれ、かえって不安なんだ。何だか、そうするうちに、次第にアブノーマルになってしまいそうで」

「あんたは、健康優良児だものね。何でもノーマルで礼儀正しくて、面白くもない男だわ」

千香子の声にはじめて苛立たしそうな怒りの気配が入っていた。はっとした時、千香子は、

「もう寝ようよ」

とつぶやいて、隣室の灯を消してしまった。

あの時、なぜ、ドアを押して暗い部屋に入っていけなかったのだろう。

寛夫は、今となっては千香子を永久に失ってしまったと思う悔いで心がしめってくる。

鵜平のにやにや笑う顔が浮かぶようであった。

誰も、千香子を一週間もこの部屋に泊めたといったら、二人の間に何もなかったなど信じないだろう。

あの手の早い鵜平が、寛夫が千香子についに一指も触れずただで泊め、ただで食わし、逃がしてしまったと聞いたら、何といって笑うだろう。

何れは鵜平に千香子のことも報告しなければならないことを思うと、寛夫はがっくり気落ちがしてしまった。

それっきり杳《よう》として消息を絶っていた千香子から、いきなりオフィスに電話がかかったのは、三カ月もたってからだった。

「今、どこにいるの」

寛夫は、思わず上ずる声を制せなかった。

「××航空のオフィスよ」

「どうして、今まで連絡しないんだ、ひどいじゃないか。心配させるにもほどがある」

「ごめん、ごめん、でもどうしてあんた、そんなに心配してくれるの」

「……」

「あたし、もう帰るの」

「ええっ」

「今、キップやっと貰ったとこよ」

「これから、すぐゆく。待っていられる？」

「……」

「どうしたんだ。誰かいるのか」

千香子の声がとぎれ、やがて、涙声が伝わってきた。

「あんたって、ばかね」

「……」

「ばかだわ。あたし、もう帰っちまうんだもの、パリはこりたわ。日本人はあんたのような薄情な男しかいないし、外人ときたら、金も払わないで逃げる男ばっかりだし、もうすっからかんよ」

千香子の声にいつもの明るさがもどってきた。寛夫もようやく気持にゆとりが生れてきた。

「だから、ぼくのところに帰ってくれればよかったんだ」

「あたし、もう男にだまされっぱなしで、帰る旅費もなくなっちゃったの。こっちの男には身の皮まではぎとられるわ」

「ばかだよ、お前さんこそ」

「自分でもそう思うわ」

「どうしても帰るのか」

「だって、ようやっと、××教団の本山詣りの団体に入れてもらったんだもの」

「××教?」

「ええ、今、パリにだって信者すごいんだから。今度はじめて本山詣りで日本へ帰るんだって」

「きみ、××教だったのか」

「ちがうわよ。その団体だとうんと割引だから入れてもらおうとしたのよ。そしたら、信者にならなきゃだめだってさ」

「じゃ……」

「なったわよ信者に」

「えっ」

「だって、もう一文なしだもの、入信したから、旅費もたてかえてくれたわ」

「よせっ! 今すぐそこへゆく」

「だめ、本当はここオルリーよ。もう十分で改札だわ。あのね、電話したのは、東京じゃ、あんたとあたし、あったことにしておきましょうね。その方がお互いかっこつくでしょ」

浮名もうけだよと、軽くいおうとしたことばが咽喉にからんだ。

千香子の方から、電話はきれた。サングラスをかけて改札の方へ走っていく千香子の姿が目に見えるようだった。


〔1966（昭和41）年2月「小説新潮」初出〕

湖への旅

羽田の待合室から、すでに紺野はその娘に気づいていた。

黒の皮スカートに、真紅のウールの七分コートを羽織り、スカートと同じ皮製の変りベレーを、パーマのかかっていない髪に無造作にのせているスタイルが、垢ぬけていて、目立っていた。青みがかった色白の横顔から首筋の線へかけて、紺野には、はっとするほど、汐美を思いださせたせいもあった。

朝、八時前の国内線待合所は、それほど混んではおらず、女客は、数えるほどしかいなかった。飛行機に乗る女客に、和服が多いのが、長い間日本を留守にしていた紺野の目にはまだ珍しかった。

外国にいた時は、和服の女に、そこはかとなく郷愁を感じていた。パリ滞在が六年めになったこの春などは、思わず、水色の和服の女の後姿を追って、マドレーヌの前からサントノレの方までつけていったこともあった。そのくせ、帰国してみると、六年前よりは、はるかに目立ってふえている女たちのきもの姿が、ぼってりと重苦しく目に映り、背中にかごを背負ったようにもり上っている帯などは、全く、無用の不恰好なお荷物に見えてきたのが不思議だった。

紺野は、パリで、粋に着こなした日本女の和服姿に、胸を絞られたように、日本へ帰って二カ月の間に、もう、さかり場の人込の中に、パリの女たちのように洋服が皮膚の一部になじみきった、腰の高い長い脚の女を見つけた時は思わず、胸をときめかして、首が前にのびる自分に気づき、苦笑した。

待合室の黄色いシートにかけ、煙草をふかしながら、紺野は娘を横目に見ていた。

パーマのかかっていない長い髪が素直に、まだ薄い娘の肩を流れ、背をおおっていた。

小柄な、きゃしゃな感じだった。首にも顎にも少女じみた匂いがしている。

軀つきが汐美に似ているのだろうか。

娘の髪の黒さや細さが、紺野の掌に汐美の髪の冷いなめらかな感触を思い出させた。

汐美は、やはり髪にパーマをかけず、太い眉の真上で一文字にきり揃え、横は肩すれすれの長さで垂らしていた。日本人形のようなそんな大胆なカットは、日本でなら、三十に手のとどく女の出来た髪型ではないのだろう。小柄できゃしゃな汐美の、パリでの暮しの中では、このごろとみにはやってきたオリエンタル調の流行に合って、かえって効果をあげているようであった。太すぎる真黒の、一文字の眉も、汐美はわざとつくろわずにしてあるようだった。

眉の太さが、若さを引きとめることも、汐美の計算の中にはちゃんとはいっていたのかもしれなかった。

「日本人の欠点だらけの軀つきや、容貌の特徴を逆手に利用しないじゃ、とてもおしゃれのパリジェンヌの中ではやっていけないでしょう」

汐美はよほど親しくなってから紺野にいったことがあった。

紺野は、娘の手をみたいと思った。娘は、紺野の斜め前の席で膝に週刊誌を展《ひろ》げていたが、手はベージュ色の手袋におおわれていた。

汐美の軀のどこよりも美しかった手が、紺野の目の中に揺れてきた。

娘は汐美よりはるかに若い。瑞々しい頰に、細いなだらかな眉をしていた。髪もよく見ると、汐美より細く、栗色がかっていた。少し染めているのかもしれなかった。飛行機の中では、娘は紺野と通路をへだてた窓ぎわに坐っていた。紺野の方が早く乗りこんだので、気がついた時、娘がそこにいた。

乗客は八分の入りで、娘と紺野の間には他の客がなかった。

スチュワーデスがケーキと紅茶を運んできた時、紺野は、またさりげなく娘の方をみた。

紙コップを持った右手にもう手袋はなかった。汐美のような細いしなやかな指をしていた。

やはり、汐美のように爪をくっきりと染めていた。コートと同じ緋色の爪の色が、手の白さをいっそうきわだたせていた。

日本へ帰って以来、久しぶりに、紺野の胸の中が、あたたかくうるおい、躯の奥の方に、ゆらぎだすものがあった。

ジェット機は、雲の上を飛んでいたが、薄い雲のきれ目から、レースでふちどったような青い海岸線と波頭が見えていた。

ステュワーデスの持ってきてくれた週刊誌を、めくっているうちに、いつのまにか千歳についていた。

飛行場のまわりの草原地帯が、外国のどこかで見た景色のような感じがする。

紺野はふと、自分がまだヨーロッパにいるような錯覚を味わった。

自分では気づかないけれど、紺野の物腰のどこかには、悠長なところがあるらしく、帰国して以来、紺野は家でも、会社でもよく笑われた。

「何だか、お父さまが歩いてるのを見ると、いらいらしちゃう。あんまりのっそりのっそり、歩くんだもの、ヨーロッパでは一日が三十時間もあったのかしらと思うわ」

高校生の葉子にからかわれたこともある。いわれてみれば、たしかに紺野の動作は、家の中のものとは歩調があっていなかった。

家では、葉子も、建一も、さも忙しそうに、座敷をすっとんで走っていたし、もう七十三歳になる老母のイシまで、枯木のような躯を、せかせかと運び、庭の手入れから、店番、台所の指図までしていた。

慢性腎臓炎とリューマチで、もう三年寝たっきりの妻の采子《あやこ》のまわりだけが、空気が澱んだように重苦しくたゆたっていた。

外に出れば出たで、紺野の覚えている東京とは、別の町にやってきたような喧噪をきりさき、車と人の洪水が、あわただしく流れていた。どの人間も、まるで、火事場か瀕死の病人の許に駈けつけるような、切迫した顔付で、小走りに走っている。

紺野の目には、六年ぶりでみる故国の同胞が、実際、走っているようにしか目に映らなかった。帰って来て、一カ月くらいまで、紺野は長い異国のひとり暮しの生活のテンポと、故国でのテンポが合わず、夜も眠れないほど疲れきっていた。

睡眠薬の扶《たす》けをかりたりして、どうにかこのごろ、五官に容赦なくせまってくる外部の喧噪さと、あわただしさに肌も神経も馴れてきたかと思われるようになっている。

帰国して二カ月の間に、紺野のしたことといえば、会社をやめたことだけだった。それはすでに、パリで決心していた計画通りのことだった。紺野の家の生活は、これまでも、紺野の新聞社での収入をほとんど頼りにせずやって来たのだから、家人は誰も文句をいう者はなかった。

ただ、普通は、二年か三年で交替するパリ駐在を、紺野が自分から希望して、六年もいた上、帰ってすぐやめるというのは、少々勝手すぎた。それでも、もう三年も、寝たっきりの妻が、紺野の留守を守り、待ちつづけていたという家の事情は、社でも知られていたので、紺野の退社は一まず円満に話がついたのだった。

山の手の駅前近くで、祖父の代から薬局を開いていた紺野の家は、家業を嫌った紺野が、薬学を専攻せず、大学は仏文科を選んでしまったので、弟の勇が家業をつぐことになっていた。その弟が南方で戦死した時には、紺野も北支にいたのだった。

復員した紺野は、出征当時の新聞社に勤め、結婚した。

紺野と采子は見合結婚だったが、采子は薬専を出ており、戦死した弟の勇と親しかったのだと聞かされていた。下ぶくれで、目の柔和な采子は、平凡な顔立だったが、ひかえめでおとなしい娘に見えた。紫の矢絣のもんぺ姿がよく似合った。戦場から疲れはてて帰った紺野は、妻の選り好みをするような心のはりや若々しさを失っていた。

采子は結婚式の翌日からもう店に出て、家業を守る意気込みをみせた。イシも元気で、台所と店を気ぜわしく行き来して、采子を扶けていた。采子は夫より姑に気に入りの嫁として近所のほめ者になっていた。

結婚して三月ほどたち、ある日紺野は采子の鏡台の秘密引きだしの奥から、丁寧につつんだ弟の写真を発見した。

女の鏡台の引きだしに、へそくりのかくし場所としてそんな二重底があるのは、紺野は全く知らなかった。たまたま、かみそりの刃をさがしていて、引きだしをぎしぎしやっているうち、偶然のことから、それを発見したにすぎない。不意に背を突きとばされたようなショックはあったが、それをたてに妻の心の奥をあばきたててみようと思うほどの情熱もわかなかった。

もうすでに子供を妊《みごも》っていた妻にそれを見たことは告げなかった。ただその後は結婚前のように洗面所の鏡を利用し、二度と、妻の鏡台に近づこうとはしなかった。

釆子の心の中も、鏡台のかくし引きだしのような秘密の二重底になっているのかもしれない。そう思うと、自分の心の底にだって、二重、三重のかくし場所があるような気もしてくる。

生れた女の子は、人がみな紺野にそっくりだといったが、紺野にはそうは見えなかった。ただ赤いふにゃふにゃした肉塊が薄気味悪く、すぐには抱きとる気にもならなかった。

葉子と名づけた赤ん坊が二つの時、紺野は香港へ渡ると、二年の滞在期間を四年にのばした。一年めの夏、十日帰った時、釆子は建一を妊った。紺野は建一の顔もみず、それ以来、帰ろうとしなかった。

釆子からは、成長していく子供の写真を一カ月に二度は送ってきた。紺野はその返事さえ次第に間遠になり、とうとう三年めには、社の部長から手紙で、少しは家にも連絡するようにといってきたほどだった。

一年あまりも、はがき一本送らない紺野を案じ、釆子より、母のイシが見かねて、部長の所へ直接頼みに出かけたのだと、伝え聞いていた。紺野は香港で、麗華《リイホワ》を識り、はじめて女というものにめぐりあった気がしていたのである。

紺野が家に落着けず、外地勤務ばかり望むようになった放浪癖というものは、この香港時代から身に沁みついてしまったもののようであった。

千歳の空港には、柏木が迎えに来ていた。

大学もいっしょで、入社当時デスクを並べていた柏木は、紺野が、外地ばかり放浪している間に、着実に地歩を固め、北海道の支局長になっている。

「やあ、悪いなあ、御直々で迎えてもらったりして」

「何をいってるんだい。ちょうど珍しく午前中があいていたから、来たんだ」

柏木は見ちがえるように肥っていたが、強い度のめがねの奥の小さな目のまたたき方や、肩をゆすりあげるようにして笑う笑い方には昔のままの柏木がのこっていた。

「ふえたね」

柏木は、紺野のびんに見える白髪をさしていった。

「おれのは、若白髪だよ。香港からもう出ていた」

「女で苦労したせいだな」

柏木だけは、麗華の件で扶けてもらったことがあるので頭が上らない。社旗を立てた車が走りだしてから、紺野は、妙に気がかりな風に首を背後に廻し、うろうろした。

「何だ、つれがいるのかい」

柏木が薄笑いを浮かべて聞いた。

「いや、ちがう。ちょっと、気になっただけだ」

「何なら、この車で札幌まで運んでやってもいいんだぜ」

「いや、そんな間じゃない。口も利いていない」

「何だい、そりゃあ」

柏木は笑いだした後で、すぐ、

「美人かい」

と、自分も首をのばした。

その時紺野は、バスへ乗りこむ娘の赤いコートの色を目に捕えた。

「いいんだ。出してくれ」

東京はまだ残暑が強かったのに、車窓が開けていられないほど、冷気がたちこめていた。十一月の気温だと柏木が教えた。紺野は早くから外地ばかり出かけたがったせいで、日本は北海道も始めてだった。

「まるでヨーロッパみたいな色彩だね」

「うむ。釧路の湿原地帯なんか、よく人がそういうね。十勝《とかち》平野も日本的な眺めじゃないな、札幌はもう、東京とほとんど変らないけどね」

車窓に、真赤な実をつけた木が目にしみる。柏木はナナカマドだと教えた。その赤の鮮かさが、さっきバスに乗りこむ瞬間に目にした娘のコートの緋色の目にしみた鮮かさを思いださせた。

「赤がとてもきれいに見えるのは、空気のせいかね」

「ああ、そうだろう。ほら、あのコスモスやダリヤの色が、内地とちがうだろう。何しろ、東京のあのスモッグじゃ、花の色もおとろえるさ」

紺野には浅草生れの柏木が、いつのまにか、道産人のように、すっかり自慢口調になっているのが面白かった。

柏木のすすめに応じて、やっぱりやってきてよかったと思った。社をやめた紺野に、家業に打ちこむ前に、遊びがてら、やって来いと、柏木は熱心に勧誘してきたのだった。各地にある購読者の婦人サークルの集りで、ヨーロッパの女性についてくらいの題で講演してくれれば、存分に遊ばせるというプランまで添えてきた。

家に二カ月いると、紺野はこの友人の誘いにのらずにはいられない旅への憧れがわいてきていた。

「このあたりで、ついこの間熊が出てねえ」

「嘘をつけ、いくらおれだって、そんなことにかつがれないぞ」

「いや、ほんとなんだ。誰でも、東京から来た客は信じないんだけど、本当だよ。今年は山が不作で、熊公、飢えて里まで出てくるんだ。こうやって片手をあげて悠々と道を横ぎったんだよ。うちのカメラマンが、そいつを撮って、特賞ものだった」

「へえ、ほんとの話か」

「本当だとも、一度は、小型トラックが、一叩きでみじんにやられてしまった。ついこの前の日曜日には、札幌の遊園地にまでのこのこ出て来て、大騒ぎさ。何年に一度という珍事だそうだ」

「物騒なところへ招待しやがったな」

柏木はさも愉快そうに声をあげて笑った。

泊りはホテルがいいと注文しておいたので、車は一まずホテルに横づけになった。午後から会議だという柏木と夜を約して別れると、紺野は五階の自分の部屋に落着いた。この春建ったばかりだという町外れのこのホテルは、すべてが小ぢんまりとして、落着いたベージュで室内装飾が統一されている。

オリンピックにそなえたつもりか、壁には歌麿《うたまろ》の版画の複製がかけてあった。

青い薄物をしどけなくまとい、半分、ゆたかな乳房を出した町女房のその絵が、パリのパンテオンの近くの汐美の部屋をいきなり思いださせた。

旧ぼけたアパートの四階の汐美の部屋は、北向きで陽当りが悪かった。壁紙も旧式な花模様がはげおちて、まるで無地のように見えた。

ベッドの横の壁に、汐美は、日本の舞扇をはりつけたり、版画の複製をかけたりしていた。汐美のせまいベッドに寝ころがって、これと同じ絵を眺めた夜や朝のことが思いだされてくる。急に帰国以来の二カ月のあわただしい疲れが、一度に毛穴という毛穴から吹きだすような感じがしてきた。

紺野は、パリの自分の部屋で疲れたり酔ってかえった時、いつもそうしていたように、上衣もズボンも、かなぐり捨てるようにとって、椅子になげだした。靴下をはぎとるのももどかしそうにして、ワイシャツのままベッドにもぐりこんだ。ほどよいスプリングの堅さが、疲れた背に快い抵抗を与える。

ひっそりとして、ここへは物音ひとつ聞えてこない。パリの十六区のあの静かな自分のアパートにいるような感じがしてきた。その位置から見る歌麿には、いっそうなつかしさが湧いた。自分の部屋と思ったのが、いつのまにか汐美の部屋になっている。

——壁の向うでビデの音がする。睡気でもうろうとしてきた目の中に、それを使っている汐美の姿が浮かんでくる。ラベンダー色のネグリジェをつけた汐美がいつのまにか紺野の横にもぐりこもうとする。

「もっと、そっちへよってよ」

紺野はくるっと背を廻し、壁の方へ向いて背をむける。

「意地悪、そっちへ向けっていつ、いったの」

汐美の甘い鼻声が耳をくすぐり、汐美の指が、紺野の粗い髪毛の中へさしこまれる。そうしながら汐美は紺野の首から耳へかけて、唇を移していき、堅くとがらせた舌の先で、紺野の耳をふさぎ、くすぐった。紺野は甘いくすぐったさに身悶えして寝返りをうつと、激しく汐美を抱きしめた——夢だったと気づいても、紺野にはまだ汐美の体温が腕に残っているような気がした。

汐美の愛撫の癖は、何から何まで、パリの女のようになっていた。

誰がここまで教えこんだのか。

紺野は汐美に、自分からそういうことは根掘り葉掘り聞かないことにしてある。女はすてておいても、いつか、必ず自分の方から、心の鍵を一つずつ、男に手渡してしまうものだということを、紺野は過去の女たちから自然に教えられていた。

汐美はことの後先に、必ずビデを使った。その音が、せまい粗末なアパートでは、男のベッドにそのままひびくことに、何の恥ずかしげもないふうだった。

ふたりになりさえすれば、男の髪に指をさしこみたがるのも、紺野は西洋の女に接してから覚えた女の愛撫の方法だった。妻の呆子の外に、紺野は、学生時代、濹東や新宿に通い相当好きなこともしたし、素人の女とも二、三度の交渉は持った。けれども、女の方から積極的な愛撫を受けた記憶はなかった。

麗華は、紺野が知っていた日本のどの女よりも情熱的だったが、やはり、紺野に可愛がられたがる方を好んだ。いつでも紺野の愛に不安を感じていた麗華は、紺野の愛撫の激しさだけで、男の心を計っているようなところがあった。

汐美のすべてをはじめて識った夜のことを紺野は忘れてはいない。

紺野の友人の画家のアトリエで逢って、紹介されてから二カ月ほどがすぎていた。共通の知人としては唯一人の、その画家の帰国送別会に、ふたりとも出席していた。汐美はその夜、その席に入ってきた時から、既に赤い頬をしていた。いつもは、無口で、陰気なほどだまりこみ、濃い眉の下の、表情によってはきつい三白眼になる目で、一座を見つめているようだ。その夜の汐美ははじめの酔いのせいもあってか、たいそう陽気で、ぐいぐいグラスをあけていく。

もともと酒は強い方だったけれど、浅いつきあいの紺野は、酔っぱらった汐美など、まだまともに見たことはなかった。

いつのまにか、汐美は紺野の横に席を移していた。自分のコニャックのグラスが空になっているのをみて、紺野のグラスに手をのばした。

「ちょうだい、ね、いいでしょう」

甘えたながし目だった。紺野は、だまって、汐美の美しい手に自分のグラスを持たせてやった。もう、何回か、食事をしたり、オペラを聴いたりして、その都度、汐美のアパートの入口までは送ってやっていたが、この時まで紺野はまだ汐美の手をとったこともなかったのだ。ほとんど紺野と前後して、パリに渡ってきたきり、日本へは帰ったことがないという汐美に、どうせ男がいないはずはないと思っていた。

夫のある麗華との情事にこりて以来、紺野はヒモ付の女を一番怖れていた。

汐美は、紺野のグラスの酒も、いつのまにかきれいに空けてしまった。二次会に廻ろうとする会をぬけだし、紺野がタクシーに汐美をかかえこんだ時は、もう汐美はひとりで歩けないくらいよろめいていた。

いつものように、アパートの入口から引き返そうとする紺野の腕に汐美がすがった。

「抱いてってよ。脚がもつれて歩けないわ」

西洋の結婚式の習慣のように、その夜、紺野は、汐美を胸に抱きあげたまま、エレベーターのないアパートの階段を四階まで上っていった。

はじめて入った汐美の部屋の貧しさ、わびしさに紺野は胸をつかれた。

ベッドに汐美を置き、そのまま踵をかえそうとする紺野を汐美の声が追った。

「なぜ帰るの」

紺野は、その夜、せまいベッドに汐美を抱いた。

裸になった汐美の腹のなめらかな美しさが、はじめて汐美を見た時、その手の美しさに愕かされたくらい、紺野を愕かせた。

紺野はその腹に顔を押しつけてひくく呻いた。日本の女の肌に触れるのは、四年ぶりだった。

汐美もフランスの女のように肌に香水をしみこませていた。ただ同じ香水も、体臭の淡い日本人の肌から匂う時は、全く別のようにほのかな匂いにかもされていた。

汐美は、きわまりの時、首をのけぞらせてあえいだ。もらした声に、紺野は耳を疑った。

「オー、ノン……ノン……」

汐美はたしかにそういったのだ。

終った後も、それは全くフランスの女になりきっていた。

紺野は、珍しくおびただしい疲労を感じながら、汐美のなめらかな腹にしみこんでいる外国の男たちの獣じみた体臭を思い浮かべていた。

それ以来、紺野の帰国まで続いた仲だけれど、汐美は最後まで、紺野に、故国の家庭の事情を聞きだそうとしたり、結婚をきりだしたりしたことがなかった。

紺野は、夫がありながら、紺野との結婚を迫って、狂ったようになった終りの頃の麗華を思いださずにはいられなかった。何人かのパリの女たちとの情事の終りも、すべて、女が結婚をしたがることで、紺野の方が遠ざかるという幕切れになるのだった。

汐美のように男にとって好都合な女がいようとは思わなかった。全く汐美は情婦になるために生れてきたように紺野には見えた。

汐美が紺野と同じ大学の、同じ科の後輩だとわかった時、むしろ紺野は信じられないような感じがした。

はじめての夜から、紺野は汐美の肉欲がむしろ淡いのに気づいていた。そのくせ、汐美は精神的には淫蕩と呼んでいいほど、男なしではいられない女だった。

ビデの音をさせて帰って、紺野の肩の窪みに小さな頭をすっぽりとはめこむようによりそった汐美のしぐさに、男に馴れきった身のこなしがあった。

「あたし、こんなことはじめてよ」

汐美はもう酔いの去った声で、囁いた。紺野は、この女も、こんな場合、月並な嘘をはくのかと興ざめしかかった。汐美の次のことばは紺野の意表をついていた。

「あたし、冷感に近いのよ。はじめての男と、はじめからしっくり合うなんてことほとんどないわ……それに、四度に一度の割くらいしか、ほんとによくならないんだわ……だから、日本の男はだめだと決めていたの」

「毛唐なら、どうしてうまくいく？」

「うまくいくなんてわけじゃないの、ただ、こっちがそうしむけさえすれば、一晩に何度でもつきあうわ。そのうち、ようやく、あたしも一度くらいはたどりつけるのよ」

朝になると、汐美は、紺野を寝かせておいたまま、コーヒーをいれ、クロワッサンに卵をそえた朝食の盆を運んできて、ベッドの中で紺野にたべさせた。そんなかいがいしさの中に、紺野ははじめて汐美が日本の女だったとあらためて思いだしたくらいだった。

「きみは、あの声までフランス語でやったよ。知ってる」

「ばかね」

汐美は、さすがに耳を染めて、三白眼で、紺野をななめに睨んでみせた。

その後の汐美は、相変らず、町で逢ってもさりげなく、ほとんどふたりの知人の誰にも仲を気づかれたことはなかった。

オペラ座に近い汐美の勤め先の航空会社は外国経営で、日本人の女は汐美一人しか勤めていなかった。

紺野は時々、昼休みをねらって、ふらりと、立ちよってみる。電話をかけておかないと、汐美がいたためしはなかった。

いつかなど、昼休みがすぎて、二時間もすぎているのに、汐美は帰っていなかった。同室で汐美と同じくタイプを打っているパリの娘が、仕事の使いに廻ったから、おそいけれど、こんなにかかるはずはない、もう帰るから待っていろといって、椅子をすすめてくれたりする。紺野は娘が、自分を汐美のアミ扱いするところをみると、汐美の外人のアミのことは、同僚にもひたかくしにしているのだろうかと察した。

待ちくたびれて、紺野が帰りかけ、エレベーターに乗ろうとすると、上ってきた箱の中から汐美がふらりと立ちあらわれた。

出あいがしらに紺野にぶつかりそうになった汐美は、ぎょっとした表情で反射的に身をそらせた。

紺野は汐美を見たとたん、汐美が、昼休みを利用して、男と逢って来たことを嗅ぎとっていた。消耗しつくした汐美は、念入りに直した厚化粧にもかくしきれない疲れを目のふちに滲ませていた。

うるんだ三白眼が、宙に浮いていて、紺野の顔もぼうっとしているような表情をしている。八重歯ののぞく唇を、薄く締りなげに開けている。汐美が、よほど、激しい快感に達した後にだけ見せる、弛緩の表情だった。

「よく、脚がふらつかないな」

紺野は、さすがに気持のいいものではなく、厭味ないい方をした。

「……ふらついてるのよ。辛うじて立ってるわ」

汐美は悪びれず、紺野の厭味ないい草をかえって利用した。やっぱり、一言ぐらい、嘘にもいいのがれてほしかったのかと、紺野は二重に受けた自分の内心のショックを持てあました。

紺野がエレベーターに入ると、汐美はまた自分もひきかえし、同じ箱に乗ってきた。

「大丈夫なのか、リサが待ちくたびれていたよ」

「いいのよ、あとで電話しとく。時々、お互いにこういう時間を融通しあってんだから」

汐美のことばに、紺野は、リサの前で、自分がいかにも汐美のアミ面をしていたことに恥ずかしくなった。

リサは、汐美と共謀のつもりで、紺野の自尊心をくすぐり、機嫌をとっていてくれたわけなのだ。

コーヒーがのみたいと汐美はいい、すぐ隣りのカフェの椅子に腰をおろした。特別濃くしてもらったコーヒーを、砂糖ぬきで薬のように、眉をしかめてのみほす汐美を見て、紺野は、大人気ないと思いながら、また自分でも思いがけない嫉妬めかしいことをいっていた。

「呆れたもんだな。昼日中から、何もそんなにがつがつしなくってよさそうじゃないか」

カップをとった汐美の手首に、歯のあとがくっきりと刻まれているのが、いっそう紺野の感情を刺激した。

汐美はじろっと、三白眼で紺野を見上げると、

「何をぐずぐずいってるの……あたしは、何もあなたひとりが男じゃないくらい知ってるんでしょ、そんないい方される立場にしていないつもりだわ」

紺野は鼻白んでひるんだ。たしかに、汐美の生活が、サラリーだけでまかなえるはずがないのを知っていて、紺野は汐美に金はおろか、香水一びん贈ったこともなかった。何かの代償を出すことはかえって、汐美の自尊心を傷つけるというのが紺野のいいわけだったが、本心のところは、金のかからない女で望郷を慰められることを、拾いものしたぐらいに思っていたのだ。長い外地生活の間に、紺野自身、金銭にこまかくなり、昔のようにチップ一つでも、不必要なはずみ方など決してしなくなっている。

今、汐美にちくりと刺されてみると、たしかに、紺野は、汐美の男をはっきり意識していて、盗み食いを愉しんでいる心境だった自分に忸怩《じくじ》となった。

紺野がひるんだのをみると、汐美はおだやかな顔にもどり、すっと顔をよせてきて、さらに低い声でささやいた。

「でも、ほんとは、今日ばかりは、少しすぎたのよ。どうかと思うわ、二時間に……」

といいさして、汐美は紫色のマニキュアをしたしなやかな指をつと、卓上のコップの水にぬ

らした。その指で、テーブルに、アラビア数字を書いてみせた。

「メキシコ人なの……軀だけでつながっている男なの。昼間が好きなのよその人」

紺野の方があわてて、周囲を見廻したくらいだった。

「何人いるんだ」

紺野はまさか、汐美の男が、自分をのぞいて複数とは思っていなかったので、声をおさえるのに力がいった。

「三人よ」

「おれ以外にか」

「ええ」

汐美はけろりとしている。

「それじゃほとんど隔日じゃないか」

「それほどでもないわ。みんな忙しい人たちだもの」

そんな話を聞いたあとでも、紺野は相変らず、月に二、三度の汐美との夜は持ちつづけてきた。

紺野が嫉妬らしい気持をみせたのは、その時だけで、結局、汐美のような女こそ、紺野の理想とする女だったのじゃないかと自分にいいきかせてもいた。

汐美にさりげなくわなをかけられ、紺野の方も、麗華との過去を話したことがあった。

紺野の妻や家庭のことを一切聞きたがらない汐美は、麗華のことを聞いた以後は、執拗なくらい必ずベッドの中で麗華の話をくりかえさせる。

麗華ほどの肉欲の激しい女と、まだ出逢ったことがないという紺野の述懐を聞くと、感情のあらわれ難い、汐美の陶器のような頬にも、ぼうっと血が上るのだった。

麗華が淫蕩な肉の持主なら、汐美は淫蕩な心の持主といえた。

麗華のとじた両眼からは、その時、ふきでる泉のように熱い涙がほとばしり出て、それは、麗華の深い内部の肉の襞《ひだ》にもしたたりあふれたものだった。

いつでも燃えているように熱かった麗華の柔かな軀にくらべ、汐美の少年のようにひきしまった肉は、いつもひえびえと陶器の肌のようななめらかさだった。炎を近づけただけで肌に熱の燃えうつる麗華とちがい、汐美は、堅い火打石を何度も打ちならすようにしなければ、火のつきかねる固い冷さがあった。

それだけに、火花のはじけちる一瞬の熱度は、高く、めくるめく激しさがあった。

汐美の何度でも聞きたがる麗華の話は、紺野の滞在期限がきれ、日本に帰りそうになった紺野の心を疑い、ある朝、麗華が消毒用に常備してあった昇汞水《しょうこうすい》をのみ下した事件だった。

「あんなに愕かされたことってなかったよ。何しろ、医者には足もとをみすかされひどいめに逢った。生卵を五十のませろという指図だけで八万円ふんだくられたんだよ」

「へえ、生卵で毒が消えるの」

「どうだかね。何しろ、こっちは、逆上して馬鹿になってるから、医者のいうなりさ。でもそれで命をとりとめたことはたしかだからきいたんだろうなあ」

「そんなことをする女が可愛かった？」

「可愛いより何より愕いてしまったよ、あんな激しい女にはもうめぐりあわないと思う」

「どうして別れたのよ」

「それがおかしいんだな。女は、ぼくといっしょになりたいというくせに、亭主とも切れることが出来ないんだ。その辺になると、女の心の奥なんてまったくわからないねえ」

そういう話を紺野にさせる時、汐美は、心から楽しそうな笑い声をあげた。

紺野は二カ月ぶりでパリの汐美に逢っているような夢うつつの追憶から覚めると、町でも散歩して来ようと、上衣に手を通した。

その時、電話が鳴り、柏木の声が聞えてきた。

「全く、弱ったよ、突然のことなんだけれど、六時四十分の飛行機で、本社に発たねばならん。四、五日で帰れるけど、たちまち今夜の約束がおじゃんだ」

紺野は、どうせパリぼけを治すひとり旅のつもりだから、我がままにさせてもらおうといって電話をきった。

ロビイにおりていくと、中庭の噴水をぼんやりみつめている女が一人だけいる。白いセーター姿のその女がふりむいた時、紺野は思わず笑いかけたらしかった。娘の方でも紺野の微笑が映ったようにほのかに笑いかえし、軽く会釈した。赤いコートの娘だった。コートをぬぐと、はっとするほど豊かな胸をした腰の細いスタイルだった。

紺野は、大股にゆっくりと、しかし一直線に娘の方へ進んでいった。

「まいたけ
鯵のつけ焼
子持わかめ
生ウニ
ルイベ
イズシ
アワビのウロヅケ
毛ガニ
ホタテ塩焼
メフン
ツブ焼」

女中が次々運んでくる料理の名を紺野は書きつけてみた。今夜、柏木が来るつもりで、馴染の女中が選んでいってくれた酒の肴ばかりだった。

柏木の坐るはずだった場所に、赤いコートの娘、妹尾《せのお》笙子が坐っていた。ホテルのロビイで口をきき、誘うと、素直についてきた。

ヨーロッパにいた頃、旅先のホテルで、鍵を手にしたひとりものの女をみつけたら、声をかけてみるのが当然だと教えられた。それが噂ばかりでないことを、本当に紺野もローマやスペインで経験していた。

今日、ホテルで娘に近づいていった心には、そんな気持はみじんもなかった。では、どんな気持だと自分の心の中をのぞくと、紺野は頼りなくなってくる。

娘は口数は少なかったが、決して陰気にも不機嫌にも見えなかった。紺野の誘いにためらいもなくうなずいて、それからは、まるで、東京を発った時からの同行者のようにまかせきった態度で従いてくる。

その料亭では、かなりの中年の女中は、はじめから、ふたりを親子ときめていたらしい。ふと、紺野と笙子の会話から、そうでないと悟って、あわてたのがおかしかった。

笙子は、鮭を凍らせて刺身にしたルイベというのを、箸でつまみ、その鮮やかな紅を灯に透かしてみながら、

「たべるのが惜しいみたい」

とつぶやいた。硝子細工のように硬くみえるルイベは、歯の間でシャリッと爽やかな氷の音

をたてた。氷の冷さがじいんと舌にひろがっていくと、鮭の甘味が氷の中から芳香のわきだすように滲みあふれてくるのだった。

紺野は、その味に、麗華と冬の北京へ遊んだ時、一日に三つも四つも麗華の食べたがった凍《トン》柿子《シーズ》の味を思いだしていた。

酒呑みの柏木が、酒呑みの紺野のために選んだ酒の肴を、笙子はことごとく口にあうといって喜んで箸をつけた。盃にも、時々唇をつけ、すっと、空気を吸いこむような軽さで酒を吸いこんでいた。

「相当いけるようだな」

「いいえ、お酒って、はじめてのむんです」

「えっ、本当かい。冗談じゃないよ。あんたののみ方は少くとも晩酌三合くらいの人間ののみっぷりだ」

笙子は、まあと、本当に心から愕いたというように目をまるくした。そんな表情をすると、まるで少女のような無邪気さに輝いてくる。

女中が下った時、紺野は、はじめてひくい声で訊いた。

「あんた、手はどうしたの」

笙子の長いまつげがちょっとふるえた。

「子供の時、爆撃にあって、なくしちゃったんです」

声は静かなさりげなさに聞えた。そしてはじめて、右手で卓上のお銚子をとると、まだそちらは手袋をはめたままの堅い手を添え、ぎこちなくお酌しようとした。

笙子の左手の異様さに気づいたのは、この座敷に入ってからだった。笙子は左の手の手袋をいつまでもぬごうとしないで、卓の下に入れたまま、人目をさけようとする。その不自然さが、紺野の目を捕えたのだった。

義手は精巧に出来ているらしく、五本の指の型も一応整っていた。手袋の中にかくしてさえいれば、ほとんど人は気づかないだろう。

よほど訓練したと見え、笙子の左手はおとなしくいつも軀にそっていて、なるたけ人目をひかないようにしている。いつのまに箸を割ったのかと、その時になって紺野は不思議に思った。

貧血症なのか、笙子ははじめての酒にも、一向に酔いが顔にあらわれない。紺野の方がかえって心配して、それからはもう酔えなくなってしまった。それでも笙子の心には、酔いが静かに沁みこんでいったのか、義手を見破られてから、笙子の口が軽くなったようだった。

「あたし、いくつに見えます」

「さあ、女の年はわからん。二十二、三かな」

「小柄だから若く見られるんです。本当は……」

「いや、聞きたくないね。そっちの年を聞いても、こっちが若くなるわけでもないからな」

「あたし、あなたの年はたぶん正確にあてられるわ」

「迷惑だね」

「だって、あたしの恋人は、ちょうどあなたくらいだったんですもの」

「ひねた恋人を持ったものだね。悪趣味だな」

「若い子はいや、性急で自分勝手で乱暴なだけで……」

紺野はおやと、笙子の乳色の頰を見直した。まだ少女めいた笙子の薄い清潔な皮膚の下の血の色を一瞬想像した。今の笙子のことばには、性の匂いがした。

「あなたは、何の目的の旅?」

「旅に目的がなければいけないかねえ。ただぶらりときたまでだよ」

「あたしは……」

「……」

「聞きたくないとおっしゃらないの」

「云わせてしまった方がいいんじゃないかと、今、ふっと迷ったからだ」

笙子の目の中に、かすかに愕きの色があった。

「とにかく、さっきホテルのロビイでいったように、湖がみたいという点では一致したんだから、いっしょに行ってみようよ」

笙子は、今度は返事をせず、だまってうなずいて、すっと右手の盃を紺野の前にさしだした。

その夜、紺野は、ホテルの部屋にひきあげて、また眠れないままに、ウイスキイをとりよせてひとりで酔いの仕上げをした。酔いで霧のかかってきた目の中に、麗華や汐美や、異国でなじんだ様々の女たちの顔がぐるぐる輪になってまわる。

それが渦巻きのように次第に円周をひきしぼっていくと、そこに白い笙子の顔だけがのこった。この旅の終りには、あの東京のわが家に帰りつき、そこでもう自分の晩年を無理矢理閉じこめてしまうのかと思うと、紺野は年甲斐もなく、わめきだしたいような焦躁を感じてきた。

六年の留守の間に、紺野より十歳も老けこんで見える病床の笙子に、妻という感じも女という感じも抱けない。笙子は夫の心が一度もまともに心をのぞきこんでくれない怨みを、あの能面のようになった無表情の中にたたみこんで、屍同様の身をじっと横たえつづけてきたのだろう。まだまだ横たえつづけていくだろう。

笙子の生命を支えているものが、悲情な夫への怨恨か、初恋の、夫の弟への追憶か、紺野にはもう想像も出来ない。母の側に立って、出迎えた瞬間から、深い憎悪と嫌悪の目をなげかけた息子の建一も、娘というより、もうひとりの女としての、無意識の媚態で、まつわりついてきた娘の葉子の愛に飢えた目も、紺野には、重くわずらわしい。

「あたしとあなたの共通点は、家庭という安らかな框の中にどうしても、落着けない放浪者の血が流れているというところだけよ。それが引きあうだけだわ」

パリで聞いた汐美の声のあとから、また汐美の声が追いかけてくる。

「逃げだすなら、今しかないのよ。今よ、今だけよ……」

紺野は、うなされて目を覚ました。

もう、ブラインドの外には明るい光がみなぎっていた。

電話のベルが鳴りつづけている。笙子の爽やかな声が流れてきた。

「時間がきたわ、置いていきましょうか」

「起きるよ。支度なんて十分だ」


「ほら、公園の中に入ったわ」

笙子に肩をつつかれて紺野は目をあけた。

眠っていたわけではなかった。昨夜は十勝川畔の温泉宿で明かし、朝早くハイヤーで出発し、阿寒から摩周へ向かうというコースは、笙子があれこれ散々迷ったあげく選んだものだった。

札幌から帯広への列車の旅が長く、紺野はさすがにすっかり疲れが出て、十勝川の温泉につくと、早々に床をとらせてしまった。

きゃしゃで弱々しく見えても、笙子はやはりまだ若かった。

昨夜も十時頃まで、宿の従業員のピンポン大会に飛び入りしたなど、のどかなことをいっている。

二晩、それも別々の部屋をとって、すごした旅なのに、紺野は笙子がもう汐美や麗華のように、長いなじみの女のような肌なつかしさを感じるのが不思議だった。

昨夜、深夜二時頃目覚めて、紺野は隣室の笙子の部屋のドアの外に立った。旧式な鍵穴のあるドアは、もう東京では見られない、白い陶器の丸いとってがついている。軽く浮きあがらせるようにして、とってを廻してみると、ドアはすっと開いた。紺野は、はっとして、そのままドアを閉じ、自分の部屋に帰った。

笙子が鍵をしめ忘れたとは思えなかった。

あの時、なぜ引きかえしたのか、紺野には自分でも自分の気持がわからない。笙子の若さに気おくれがしたのか。自分の老いた証しなのか。

車は原生林の中をどこまでもかきわけて入っていく。エゾ松・トド松・白樺の鬱蒼と茂った原生林の中は、名も知らない雑木もまじり、それらが、今、いっせいに色づき、絵具を叩きつけたような鮮かさで燃え上っていた。

紅葉あかりということばがあるだろうかと、紺野は、あまりの鮮かさに、雨脚まで金色や緋に光って見える紅葉に見惚れていた。

車窓にはたえまなく霧のような雨が吹きつけていた。

朝、宿を出る時、一時降るそうですと、番頭が告げてくれたことばを思い出す。林の中には、お化けのように大きな蕗の葉が傘をひろげていた。

ここにもナナカマドの実が、炎のように枝の上に燃えている。

「湖をみたい」

という人間の憧れには、別に深い意味もないのかもしれない。人は疲れた時や、少しばかり不幸な時、まだ見ぬ湖に憧れをよせるのかもしれない。

笙子は、昨夜から、陽気にはしゃぎつづけた名残りで、まだ頬に灯がともったような明るさをたたえていた。

車が阿寒湖についた時は、雨が上ってきた。

昨夜の宿で予約しておいてくれた湖畔の宿に昼食のために立ちよった。湖の水がすぐ庭に打ちよせているような宿の一室に通されると、目の前の桟橋から遊覧船が次々船出していく。見る見る霧が晴れて、青空にくっきりと雌阿寒、雄阿寒が見えてきた。

その宿で、二カ月前、華道界の長老といわれる老人が急逝したという話を十勝鍋を運んできた女中がつげた。厠に入って倒れたという老人は、

「硫酸をかけられた」

と叫んで、部屋によろめきこみ、そのまま、絶息したということだった。八十年も生きて花一筋に生きていた老人の最後のことばが、そんななまぐさいものだったのかと、紺野は聞いて暗然とした。頭の血管の裂けた一瞬の感覚を、そうとらずにいられなかった人の昏い業が浅ましく、哀れだった。

「こんな俗っぽい湖では自殺者も少いでしょうね」

女中にむかって、笙子は屈托のない声で聞いている。今日も笙子はさも美味そうに料理をつついていた。

初老の男に失恋して、死場所を探している女の食欲とも見えなかった。

紺野は、だまって、明るい湖の水面を見つめていた。

こんな山の湖畔のどこか、あんな原生林のどこかに、小さな小屋をむすび、この娘とひっそりとかくれて余生を送るのも、悪くはないという甘い夢が胸をくすぐった。

摩周まわり川湯行のバスの出る時間だと女中がしらせに来た時、また、湖面に霧がわき、空がたちまち曇ってきた。

さっきより、もっと紅葉の鮮かな原生林を走りつづけていくうち、雨はもう視界を掩《おお》いつくす激しさで車の四方に降りこめてきた。

摩周にたどりついた時は、雨脚は弱まっていたが、あたり一面乳灰色の霧につつまれ、陽の色も見えなかった。時々、音もなく稲光りが走り、荒涼とした風景は、一層凄惨さをました。寒々しいコンクリートの展望台に、雨に濡れながら立つと、湖の底から濛々とわきたつ灰色の霧は、地獄のどこかを想わせる不気味さで、その底に、神秘な碧瑠璃の鏡をはめこんだような湖が沈んでいると想像しただけで、背筋に水をあびたような怖しさが走るのだった。

ひときわ、鋭い閃光が霧の中を流れた時、笙子が小さな悲鳴をあげて、紺野の胸に倒れこんできた。

抱きとめた紺野の掌が、堅い義手を掴んでいた。はっとした時、もう笙子の方がとびすさって、バスの方へかけ去っていた。

硫黄山の硫黄の砂にタイヤが埋まりこんで、バスが動かなくなった時は、もうすっかり夜が垂れこめていた。

今日一日の猛烈な雨量に、活火山のはきだす硫黄で埋った砂地がぬかるみ、積ったばかりの雪のような柔らかさに急変していたのだった。

まるで雪渓のように夜目にも白々と広がる白一色の硫黄の砂漠は、稲光りの魔の湖をみてきた目には、やはり地獄の山の中に迷いこんだとしか思えなかった。たちこめる硫黄の臭気は、いっそうあたりの荒涼とした風景をきわだたせる。

三十分も、運転手と車掌が必死にスコップをふるっていたが、車はびくとも動きそうになかった。どこから集ってきたのか、村人らしい人が十人あまりそんな原始的な作業に加わったが、一向にタイヤは浮き上らない。

救援のバスも、これと同じ状態になるため、ここまでは入らないという結論になって、ようやく、乗客は、雨の中を自分の足で、安全なバス道路まで歩いていくことになった。

「お子さんと女の人はどうか男の人がおぶって下さい」

車掌が、自分の膝まで埋まる硫黄の砂漠を歩いてみせ、声をからしていった。

紺野は、笙子に背をむけた。笙子は、昼間の元気はどこへ消えたのか、摩周湖あたりから血の色もなくして、ひっそりと黙りこんでいる。急に目のまわりに昏いくまが浮かんでいた。

笙子の軀は、頼りないほど軽かった。

それでも、笙子を背負ったまま雪の中を歩くと同じ労力で、一足ずつ膝までつかる脚をひきぬき、ひきぬき歩いていくのは、思った以上の重労働だった。

軽いと思った笙子も、右手に荷物をさげさせているので、重心がとり難く、たちまち、肩にくいこむような重さになってきた。

笙子の義手の堅い指が、しっかりと紺野の胸を押えているのが、次第に錐をもまれているような痛さになってくる。

紺野は二、三度、思わず、膝をつきそうになりながら、誰よりもおくれてよろめき歩いていった。

硫黄の臭いは、たえ難いほど、鼻も咽喉もふさいでくる。

「心中すれば、こうして湖の底を歩いていくのかもしれないねえ」

紺野のおどけたつもりでいったことばが、妙に不気味な響きになって、あたりにこもった。

笙子は返事もせず、いっそう義手を紺野の胸にくいこませ、紺野の背で小さく身震いした。

その夜、ふたりは川湯のホテルで一つしか部屋をとらなかった。

硫黄にあたって病人のように血の気を失った笙子を、ひとりすてておくにしのびないというより、もう今日一日の異様な湖めぐりの旅で、ふたりはこの一晩を別々にすごすことなど考えられなくなっていた。

笙子を部屋のバスに入れておいて、紺野は大浴場へおりていった。片手のない笙子の入浴の図を想像すると、疲れきった紺野の軀の芯に、不思議になまなましい情欲がふきあげてきた。湯にも硫黄の匂いがこもっていたが、その臭気まで、紺野には、妙に刺激的なものに思えてきた。

部屋に帰ると、食事の並んだテーブルの前に笙子の姿はなかった。

赤いカーテンの下った寝室へ何気なく入っていった紺野は、あっと声に出してしまった。

ダブルベッドの真中に白い片腕が一本大根のようにころがっていて、天井の淡い間接照明の光を吸いあつめていたのだ。

と、突然、ぱっと毛布の中から、躍り出た笙子が、右手で落ちた腕を鷲づかみにし、毛布の中へひきこんでしまった。

紺野は、笙子のその動作に負けないす速さで、次の瞬間には、もう両腕の中に笙子の細い軀を抱きしめていた。毛布の中の笙子は、湯で温まった軀に何ひとつつけていなかった。

紺野の脚に、堅いものが触った。

紺野は無言で笙子の唇をおおいながら、脚で静かに、笙子の堅い義手をベッドの外へ押しやっていた。

指に、笙子の肩が触れた。

片手のないヴィーナスのような型で、笙子の片腕は、肩から数糎《センチ》のところまでしかなかった。

「痛くないのかい」

「くすぐったいの、かゆいような時もあるわ」

紺野の指に、マシマロのような柔らかさが伝ってきた。きんちゃくをしぼったようにきり口はくくられているらしい。押せば、その柔らかさはどこまでも笙子の内部にたどっていきそうだった。

紺野は、軽い身ぶるいを笙子に伝えると、もっと柔らかな熱い場所の方へ手をすべらせていった。すでにそこには笙子の内部が、しとどにかぐわしくあふれていて、紺野の指をなめらかにつつみこんできた。

翌朝、紺野が目覚めた時、もう笙子はいなかった。

ベッドのサイドテーブルに、ホテルの便箋をつかい、笙子の文字がのこっていた。笙子のきゃしゃな軀とは似つかぬ、太いたくましい達筆が踊っていた。

「ひとりで、湖を探しに出発します」

紺野は、その紙をひきさきながら、ふと、ベッドの横に首をのばしていた。そこに、落ちた片腕が残されているような胸さわぎがよぎったからだった。

〔1964（昭和39）年12月「オール讀物」初出〕

妖精参上

鎌倉の須藤久子から、京都岡崎の森山潭平の許に、突然電話がかかってきたのは朝の十時頃だった。三月や半年、葉書一本の音沙汰もないかと思うと、いきなり、北海道の涯や九州の南端から、地方名産など送りつけてきたり、たてつづけに、一ヵ月に二度も、訪ねてくるような久子の気まぐれには、もうやがて、十年に近づく長いつきあいの間に、すっかり馴らされている。とはいうものの、森山潭平は、どこよりも声に衰えをみせない久子の電話を、全く思いがけない時に受けとるのは喜びのひとつであった。

「やあ、お珍しゅうおすな、お元気だっか」

ころころとよく響く娘のような笑い声をふんだんに聞かせておいて、久子はちょっと改まった口調で、

「お願いしたいことがありますの、御迷惑だったらどうぞ断わって下さいな」

といった。

「へえ、珍しい話どすな。須藤さんから物を頼まれるなんど光栄どすわ。とにかく御用向きお伺いしまひょう」

久子ほど物ねだりしない女は潭平の過去に見たことがなかった。千人を越えるとか越えたとか伝説化されている潭平の女出入りの中に、須藤久子だけは、例外の別格で、潭平はまだ久子の唇を味わったことさえない。

一時は、祇園や先斗町《ぽんと》に久子をつれて派手に出入りしたため、久子も当然、潭平の手のついた女の一人と噂されていたけれど、今では、久子だけは例外だということが、さすがに情事にかけては動物的な嗅覚の働く色街の女たちの中にはゆきわたっている。

「森山はんはお商売で、億とつく上物ばかり扱うといやすさかい、その反動で女は下等な下司好みでおいやすのやろか」

女たちが酒席の潭平に、面と向かってそんなからかいをいっても潭平はにやにやしているだけで、動じない。京都でも屈指の骨董屋に数えられている森山商店も先代までは大した店でなく、潭平の天才的な、目利きと、勝負師のような度胸のよさで、殆ど潭平一代で、その名と信用を海外までとどろかせたのだった。その潭平が女と見れば、町の垢だらけの花売娘でも、辻占売りの初老の女でも、手当り次第相手を選ばないという癖の悪さがあるのを、色街の女たちは岡焼半分に口惜しがってみせるのであった。

そんな森山が、久子だけは特別扱いするのもまた、女たちにとっては気にかかることであるらしい。潭平自身、何で久子だけをこれほど大切にするのだろうかと、自分でもわけがわからない時があった。東京の画商のひとりがある時さりげなくつれて来た女で、そら豆に目鼻のようだと、潭平が初対面でからかった程度の、大して見栄えもしない女だった。黒っぽい和服に染め帯を胸低に締め、書生っぽい衿の合せ方をした色の浅黒い女は、髪をちぢらせもせず、わざとらしいほど古風な雰囲気を身につけていた。同じ画商から後になってみせられた久子の絵は、濃艶な色彩がむせかえるような抽象の油絵で、潭平は、いきなり久子の薄い節ばった掌で目を叩かれたような想いをしたものだ。

それ以来、潭平は、すっかり久子の絵のファンになったものの、自分では久子程度の絵を買いとるような気持はなく、かといって、専門外の油絵を、物好きの客にすすめる親切気もおこらず、これといって久子のために骨を折ってやったり、力になってやった覚えもないのだった。ただ久子の方は、初対面以来、時々ふらりと潭平を訪れては気儘に潭平のところにある古美術の掘出物を手にとって、半日坐りこんでいたりするようになった。潭平は、もしや久子に、下心があるのではないかと、気を廻したことがあるほど、一時はしげしげ目立つほど訪れてきたこともあった。が、それも、その当時潭平のところに万暦赤絵の名品が、ある事情で、ごっそり集っていたのに、久子が魅せられていたにすぎないという事情が判明しては、潭平は苦笑させられただけだ。

「あんさんの絵は、見かけによらず奔放でえろう色っぽい絵どっしゃろ。それがあんさんのどこから出てくるもんどっしゃろなあ。やっぱり、あんさんの内らには見かけによらん情熱がもやもやっとこないおしこめられておますのやろか」

潭平が右手で胸の前に、くるくるっと渦を描いてみせると、久子は例の娘っぽい笑い声をあげて、

「森山さんがそのお年で若い娘と寝るのが何よりの回春法だと実行してらっしゃるのは、女にも通用しますのよ。芸術家は年をとっちゃおしまいですからね」

「へえ、そうしたら、あんさんは若いぴんぴんした男を相手にしやはりまんのか」

「御想像にまかせますわ」

久子は酒ものむし、茶屋遊びでも、男の様に鷹揚に妓たちを愉しませるゆとりもみせる。潭平の露悪趣味の猥談にもさらりとした表情を崩さないで適当に興がった風も見せてくれる。

はじめのうちは、自分の女の収集品に風変りな珍種を一枚加えるくらいの好奇心から、久子との情事にふみきる日を内心とっくりと計ったり愉しんだりしていた潭平も、いつでも無防禦のように見えて、いざとなると一向にすきをみせない久子の不思議な構えに、次第に色気抜きの好奇心を抱かされるようになってきた。

少しでも潭平を利用する気になれば、久子の職業柄、久子は相応の利得を収められたはずなのに、一向にそういう気ぶりはみせたことがない。

「考えてみたらおかしな間柄どすなあ。一体あんさん、どういう気持で、わたしとつきおうておられるんですか」

いつになく改まって潭平がつくづく久子の顔を見つめ直した時、

「森山さんが、珍種の女と思っていらっしゃるのと同じくらい、私の交友関係では森山さんのような人は珍種なので、興味がつきないんです」

と、いってのける。今では、潭平は、持ち駒のすべてを久子の手にさらけだしたような楽な、お手上げの気持にさせられている。必ず、人が感心して聞いてくれた経験的人生談や、教訓めいた自分もふくめた知人の逸話や、二、三度まで同じことを繰りかえしても、必ず人を抱腹絶倒させる露骨な猥談なども、もう久子の前では手垢が光るようになっている。ところが何度繰りかえしても久子は一度として、

「その話はもう聞いています」

などというような表情はかえさない。いつでも、はじめて聞くように、柔らかな微笑を浮かべて、ふむふむとうなずいてくれるのだった。

久子と別れた後で潭平は、今の話も、もう何度か久子に繰りかえした話だったと気がついて、そんな自分がやっぱり六十八歳という年齢通りの耄碌を逃れられなかったかと味気ない想いがする。

そんな久子からの折入っての頼みという電話だから、潭平は勢い心が弾んでくるのだった。

「実はね、御迷惑でなかったら、女の子を一人、送りこみますから、適当に遊ばせてやってく

れませんか」

「へえ、おやすいことです。で、どんなお嬢さんですかな」

「ちょっと風変りだけれど、素姓はいい娘なんです。ちょっとしたことから知りあって、あたしがモデルになってもらった娘なんです」

「おいくつです」

「さあ、二十前後でしょうね、もしかしたら十八ぐらいかしら」

「うちへお泊めしてよろしゅうおすのか」

「ええ、本人が、森山さんの話どこかで聞いて来て、ぜひ、私に紹介してくれっていうんです」

「お素人ですか」

「ええ、ええ、ちゃんとした家のお嬢さんですよ。ただ、本人は芝居に凝ってA座の研究生だそうだけど、テレビなんかにも、時々口がかかってるようですわ」

「面白そうですな。美人ですか」

「可愛いですよ」

「ほんまにお泊めしてよろしゅうおすな。何ならホテルの部屋も用意してもよろしまっせ」

「いいえ、本人がお宅へ泊めていただきたがっていますから」

潭平はこれはいったい何の意味かと首をかしげてしまった。潭平の岡崎法勝寺の住まいは、別荘で、店は河原町にあるし、本宅は北白川にあった。桂と岡崎の別宅は専ら潭平専用で、両方の家に二人ずつ小婢《しょうひ》を置き、気のむいた時、潭平はその二軒を往来している。本宅にはまだ妻も健在だったし、長女の一家が子沢山で孫たちも賑やかに揃っていた。潭平はほとんど本宅へはよりつかないし、妻の顔も見ない。長女夫婦が用があれば潭平の所へ出むいて来て、潭平の指示を仰いでいく。

もうこの数年来、潭平は決った女の世話をしていなかった。背がやや足りないだけで、大柄な目鼻立のかっきりした役者顔の潭平は、白髪のオールバックが、まだたっぷりしていて、なかなかの美男子だった。老醜はみじんも人に感じさせず、向日性の陽気な性格が、いつでも身辺に明るい爽やかな空気をかもしていて、無邪気な笑顔は殊の外魅力的だった。和服の似合う胴長の腰の太い体格も、玄人筋の女には好かれる条件のひとつだった。

金があるのと、遊び人らしく、粋にさばけていて、女の浮気沙汰にも、自分を取り乱したりすることのないわけ知りぶりは、女たちに無条件に信頼感を持たせるらしい。潭平は、女の後追いをしないことでも遊び上手と噂されていた。一時は熱中して囲ってみるような女も、女にそれだけの才覚と器量があると見こむと、必ず、女の身に合った商売をやらせる。バーを開かせたり、席貸屋をさせたり、金計算の強い女には、手形の割引業までしこんで成功させた例さえあった。そういう場合、潭平は、女にその道で身の立つよう、教育方法を考えてやるし、その間の経費も惜しまない。ただし、開業して採算が成りたった時には、必ずかけた金に利息をつけて女から取りかえした。

女たちはそうされて誰一人潭平を恨む者もなく、結局は恩人だと思いこんでしまう。もちろん、一人前になって潭平から独立してゆく女が、新しい男をつくる時は、潭平に何の気がねも遠慮もないのだった。その頃はもう、女と潭平との間は金銭の貸借表しか残っていないからだ。そんな潭平を、女たちは結局移り気なのだと考えていたが、自分が潭平から飽きられて捨てられたという屈辱感は持たないですんでいた。

潭平の別荘には、ほとんどの日、女の泊り客があった。公表したら、週刊誌沙汰にでもなりそうな高名な女優や、名の通ったバーのマダムたちや、それと知れている踊りの名手などが泊り客だった。出入口が三つあるので、客は、決して他の客と顔を合わせることなく、密かに帰っていくことも訪れることも出来る。四十八と十九の婢《はしため》二人は、噂によれば二人とも潭平の手がついているといわれているけれど、まるで殿様に仕える忠僕のような献身ぶりで、潭平の手と足になって、女客の接待にも過不足なかった。

久子が娘を泊めていいということは、潭平との間に何が起ろうと認めたという意味になった。潭平の生活をすみからすみまで熟知している当の久子は、いつでもホテルに泊り、どんなにおそくまで潭平とつきあっても、潭平の邸に泊りこむことはなかったのだ。

「そいで、いつおこしやす」

「そちらでいいとおっしゃっていただけば、今日これからすぐ発つんですすって。新幹線が次々あるんでしょ」

「えらいまた、急なお話でんなあ」

潭平は大いに興を呼び覚まされた口調で答えた。名前は郷ひとみということだった。久子は要件が終ると、ちょっと声の調子を変え、

「どうも朝からお騒がせしてすみません。お邪魔しましたとあやまっておいて下さい」

あとはころころといつもの笑い声で電話を切ろうとした。いつか久子が潭平に電話した時、受話器の中に
「重いっ、おりてかけてよ」

という声が入ったのを覚えていての挨拶だった。

「いや、今日はひとりですねん。この電話、厠についてる電話ですねん」

「あらっ、トイレまで電話いれたんですか」

「年とるとよろず無精になりましてなあ」

電気ストーブの入った広いトイレの中の電話がきれると、潭平は電話の横の置時計を見た。何でも揃っているトイレはちょっとしたアパートの部屋のようだった。

その日の三時すぎ、郷ひとみはもう法勝寺の森山潭平の別邸の玄関についていた。門から玄関までつづいている光悦垣に沿って、女中のみつに案内されてくる郷ひとみを、たまたま庭に出ていた潭平は、椿の木のかげから見ていた。

——何やあれ、女ルンペンみたいやないか——

ひとみは潭平が日頃何より苦々しく思っているパッチみたいな細いズボンをはき、復員兵の特攻崩れが終戦後よく着ていたようなカーキ色のジャンパーをひっかけていた。靴はブーツというのか、足首までの無恰好な長靴まがいで、これもおよそ形のいかついハンドバッグを肩からひっかけている。髪はカッパ頭で、それも自分で刈るのか、じぐざぐの不揃いである。顔はつるんと洗ったままの素顔に、口紅はもちろん、眉も描いていない。

——いったい何や、あの娘は——

潭平は期待を裏切られた失望からすっかり不機嫌になって、そ知らぬ顔で座敷へ帰っていた。客の服装から万事を察するみつは、もうすでにこの女客をすっかりあなどった表情を、潭平にかくそうともしない。潭平の物好きから、酔ったまぎれにつれ込む女が、まれには靴下もはいていないような街の女だったこともあるので、また潭平の悪趣味が始まったという表情をしている。

「やあ、おこしやす」

潭平はこれも久子に何かの思惑があっての事かもしれないと、うんざりした表情はかくして、一応にこやかな笑顔でひとみを迎えた。近くでみると、服装はいよいよ埃っぽく垢じみていて、潭平の気にいらない。細いズボンできっちり膝の折れる筈がなく、ひとみは最初から横坐りの行儀の悪さで、それでも一応手をついた。今にも黒いズボンがはりさけそうに脚の肉が盛り上ってみえる。ジャンパーもぬぐと、裏に鼠色に汚れてみえる白い何かの毛皮がついていた。ジャンパーの下は、男物のようなあらい目の、黒のとっくりセーターだった。

青いほどの肌の白さが七難かくしているが、とりたてて男心をそそるという目鼻立でもない。それでもこの顔に薄桃色の白粉でもつけ、も少し眉をぬき、唇を朱くしたら、どんなにか映える顔だろうかと思う。目の下にうっすらとそばかすの浮いているのと、厚い下唇に黒胡麻をつけたようなほくろがあるのが、潭平の好色をいくらかそそってきた。坐るなり、火をつけた煙草を持つ指が指輪ひとつ光っていないけれど、この娘の外にあらわれているどこよりも美しいのに潭平はすぐ気がついた。

掌はたっぷりと大きく、指ものびのびとしていて、節がほとんどなく先すぼまりに細っている。若い娘にしては珍しく爪を癇性に短くつんでいて、それには光るものはつけていない。その手の肉づきがふっくらとしていて、しかも肉が多すぎず、いかにも上品でゆたかな感じのするのが、潭平の目を愉しませた。手足の美しい女に、潭平が惹かれるのを、久子は長いつきあいのうちに識っているようだった。

ひとみは、たいていの女がまず、圧倒される十二畳の客間に坐って、平然としている。白目の蒼い、茶色がかった瞳を珍しそうに部屋の周囲に走らせている。潭平が話しかけるまでは、口を利く必要はないと考えているようなけろりとした表情が、また潭平の気にかかってくる。

「あんた、須藤先生とどういう関係のお人や」

「モデルになっただけよ」

「ほう、モデルいうたらヌードか」

「ええ、トミー、酔っぱらうとぬぐヘキがあるのよ。六本木のバーで酔っぱらってテーブルに上ってぬいでくところを、須藤先生にみられちゃったの、その晩、モデルになってくれって申しこまれて、面白そうだったからひきうけたの」

「いつのことや、それ」

「三カ月くらい前よ」

「何や、そんなら、ほんの最近の知り合いやないか」

「そうよ。でもあのおばさま好きだわ。あの人なら、またぬいであげるわ」

「そんなにええ体でっかあんた」

「トミーはそうも思わないけど、みんなそういうわね」

「トミーって誰や」

「あたしのこと、みんながそう呼ぶわ」

「毛唐臭うて安っぽいな、わしはひとみちゃんと呼ばせてもらいまひょ」

「ひとみでいいわよ」

「みんなって、誰や」

「あたしのボーイフレンドよ」

「バーで酒のんで、酔っぱらって男たちにぬいで見せますのか、あんた。まるでズベ公やないか」

「そうかしら、でもきれいだってみんな喜ぶわよ。いいじゃない、きれいなら」

「ここでもぬいでみせてくれますか」

「今?」

潭平はあわてた。こんなところでいきなり裸になられては、今に茶を運んでくるみつの手前もある。

「いや、夜で結構や。それで須藤先生、その絵どうしやはりました」

「さあ、知らないわ」

「あの先生同性愛のけ、ありますのか」

「そうでもないと思うわ。トミーのおっぱいをとてもきれいだって、ちょいちょいさわったくらいよ。キスもしなかったわ。でもトミーの方がキスしてっていったけど」

「ひえっ、あんた同性愛でっか」

「そうでもないわ。ただ、男でも女でも、きれいな人は見ても触っても気持がよくて好きなだけよ」

「男なら、どこ触りとうなりますのや」

ひとみは、けろっとして、

「そりゃあ、女にないところよ」

ひとみがしきりに、床の間に目をやるのをみて、潭平は不思議な気がしてきた。

「あんた、あの絵がわかりますのか」

「平八郎って、福田平八郎でしょ。いい梅ね」

「ほほう、わりと物識りやな」

「あの壺、李朝でしょう。いくらくらい？」

「李朝がわかるのか、へえ、ほなら、そこの飾り棚の花瓶何かわかりまっか」

「古備前でしょう」

「あんたみたいな若い女の子がそんな抹香臭い趣味持つのはおかしいな。あんたのボーイフレンドは七十のお爺さんばっかりやろか」

「ううん、潭平さんより年よりはいないわ」

「潭平さんというのはようないな。森山さんとか、おじさまとかいいなさい」

「はい、おじさま、あの鴨居の和敬静寂の額は同じ平八郎でも東郷平八郎？」

「こりゃあ愕いた。あんた東郷平八郎も知っといやすか」

「皇国の興廃この一戦にありの将軍でしょ」

「いや全くおそれいった。これは大いに認識不足だった。あんたところでいくつや」

「十九歳と三カ月よ」

「ふうむ。今時の若い者はみんなモンキーダンスやエレキばっかりに夢中の脳タリン族かと思ってたけど、これはわしの方が時代遅れやったのかな」

「そうでもないわ。みゆき族や、六本木族なんかは、まあそんなものよ。テンテルオオカミ組よ」

「テンテルオオカミって何や」

「天照大神のことを、彼等はそういうふうにしかよめないのよ。ところでおじさまはいくつ?」

「あててごらん」

「七十二? 四?」

「あほな、まだ六十五歳と一カ月や」

潭平は思わず三歳ばかり鯖を読んでしまった。ひとみにとっては六十八歳も七十二歳も大して差はないらしく、格別心にもとめないふうで、

「そう、わりかし若いのね」

「ところで、ひとみちゃんは、これからどこへ行きたい?」

「そうねえ、自分じゃいかれないようなキャバレーかすごくハイクラスのバーにつれてってほしいわ」

「一力はどうや」

「祇園? 高いんでしょ。同じお金つかうなら、でのある使い方した方がいいわ」

「嬉しいこというね」

潭平は、第一印象の女ルンペンが次第に妖精のように見えてくる。さすがは久子の送ってよこすだけの女だと、次第に心がふくらんでくるようだった。

「よしっ、とにかく、これからちょっとわたしにつきあいなさい。わたしはそのパッチみたいなものを穿いてる女の子をつれて歩いたり、一流キャバレーへ入るのはかなわんからね」

ひとみを連れて潭平は河原町へ出かけていった。先ず、しゃれた既製服やアクセサリーでちょっと名を売った店へひとみをつれて入ると、

「どれでも、好きな洋服ひとつお選び」

女に無駄金を費ったことのない潭平としては我ながら珍しい心境だった。ひとみは潭平があきれるような薄汚ない色のツーピースばかりひっぱりだしてくる。

「何でもっと、ピンクとか朱とか、華やいだ色のワンピースをえらばしまへんのや」

「いいのよ、おじさま、トミー、地味な汚ならしい色がすごく似合うんだから」

女店員は、横からしきりに、ひとみの趣味が洗練されていると強調する。こんなシックなものは、京都では売り難いのでたいてい東京の客が目をつけるのだという。見えすいたお世辞と思っても、やはり潭平はそう聞かされて悪い気はしない。実際、ひとみが、カーテンの奥へ入って、灰色のそのイタリア製とかいうニットツーピースを着てあらわれると、急に優雅で小粋にさえ見えてきたから不思議だった。女店員がすかさず、そのスーツとアンサンブルだというコートを持ちだしてくる。その店には、靴からハンドバッグまで少数だけれど精選した品が揃っていた。

「まさか、そのスタイルで、その泥靴でもおまへんやろな。ハイヒールをひとつ、はりこみやす」

潭平の方からそう声をかけたくなる。結局その店でひとみの服装が一新すると、ひとみはシンデレラの早変りのように目ざましい変貌をとげた。ざんぎり頭がもうひとつ気にいらないけれど、そればかりはどうしようもない。この靴にこのバッグじゃ合わないわと、今度はひとみに云われて、ついでにハンドバッグも揃えてしまう。

まだ町は灯がつきそめたばかりで、キャバレーへゆく時間ではなかった。

いっそ叡山へ車を飛ばして、食事をして下りて来て、丁度ほどよい時間になりそうだった。レディ然として来たひとみをつれてなら叡山ホテルのロビーや食堂で、必ず逢うにちがいない知人の、誰に対しても恥ずかしくはないと思えてきた。福田平八郎も東郷元帥も、李朝も古備前も識っている少女の顔が、潭平には次第に知的に神秘的にさえ見えてくる。酔わせて、ぬぎだすこの娘の嬌態を、一刻も早く見たいような興味がつのってきた。

叡山ドライブウエイの車の中で、そっと手をとって見ると、おとなしく手をゆだねている。

「きれいな手やなあ。ひとみちゃんの手みたら、あんたの家柄の血筋のよさが一目でわかります。こういう手は一代や二代では生れて来いしまへんのや」

まだ素脚はみていないけれど、ズボンからスカートになったとたん、ひとみの脚の素直にのびた美しさにはもうすでに目をみはっていた。膝上一寸くらいの今流行のスカート丈は、潭平の審美眼には無様で落着かなかったけれど、ひとみの膝小僧が可愛らしく、坐ったことがないのかと思うほどすんなりしていたのも見逃してはいない。ついでに手を探った手で腰まで撫でてやりたくなったのを押えて、車の動揺にかこつけて、それとなくひとみの肩や腕の肉づきをたしかめている。

「まあ、きれい」

ひとみが歓声をあげたのは、ドライブウエイのある地点から、突然眼下に、京都と大津の町の灯が一度に広がってきたからだった。

「このあたりが一番眺めのええ所ですわ」

「まるで夢みたい、香港よりすてきな夜景よ」

「へえ、あんた、香港しってなさるのか」

「去年一週間ばかりいってきたわ」

「へえ、誰と」

「パパとよ。マカオでルーレットして、あたしがポカポカ儲けちゃったから、あたしの旅費やお小遣くらいうかしたのよ。あたし賭事に強いから、はじめからそのつもりだったの。パパは信じてなかったけど、あたしの腕を目の当りにして本当はびっくりしたらしかったわ」

どんな「パパ」かわかったものじゃない。潭平は心の中ではそう思ったけれど、聞くだけ野暮だと、そ知らぬ顔をしていた。

叡山ホテルで名物の、釜てんぷらを食べさせると、ひとみはいかにも十九歳の娘らしい小気味のいい食欲をみせた。南部鉄の小さな釜の中で油を煮たたせ、フォンデューのように肉や魚や野菜をその中に突っこんで揚げるというやり方が、気が利いているのと物珍しいのとで、ひとみはますます食欲が増すらしい、潭平の分もきれいに平げ、まだ一人前おかわりを注文する。

「ねえ、おじさま、シャンペンぬきましょうよ」

「シャンペンか、なるほど」

潭平は女をつれてホテルの食堂でシャンペンをぬいたりした経験はない。つい先刻まで女ルンペン同様だったひとみが、今は小粋な服に身をつつんで、山のホテルでシャンペンをぬく。それもよかろう。潭平は、ひとみの食欲をみているだけで、胸がいっぱいになったけれど、ひとみの変幻する自在さが面白く、これから後に続く夜の時間が、見残している映画のように気がかりにも愉しみにもなってくるのだった。

山をおりると、丁度バーやキャバレーの賑わいだす時間になっていた。酒にも強いのか、ひとみはシャンペンやブランデーには一向に酔った風情もなく、しゃんと背をのばし、目もいきいきと見開いている。その目が、セロファンを張ったように光っているのがわずかにひとみの酔いを示しているようだった。

バーを二軒、キャバレーを一軒廻ると、ひとみはどこででも、ブランデーをのみたがった。潭平が女をつれて遊んでも、女たちは潭平がけちで、日常の生活には至ってつましいのを識っているので、こういう所でのむ酒も、またその量も、ちゃんと考えてひかえめにしてくれた。ひとみは、そんな遠慮など全くなく、行く先々でヘネシーを三、四杯おかわりする。最後のキャバレーでは、七杯に及んでしまった。青白いひとみの顔もさすがにほの赤く染まり、目がすわってきた感じだけれど、ちょっと見には格別酔っているともみえない。

どの店でも、ひとみは女たちに好かれたのが、潭平には思いがけなく嬉しかった。

「森山さん、すっかりお趣味が上品にならはったわ」

三度ほど肌でなじんだバーのマダムに、そういわれながら、きゅっとつねられても、潭平はにやにやして相好を崩していた。

「あたしがダンスしたら、きっと人々がいっせいにあたしを見るわよ。おじさま見せてあげるから」

キャバレーで、ひとみはバンドにあわせて本当にモンキーダンスを踊りだした。ここでは、旧い遊び仲間の呉服屋の加藤と逢った。

加藤は、モンキーダンスで腰を振りつづけるひとみを目で追いながら、

「ええ娘やなあ、潭平はん、どこで拾うて来はったんや」

と羨ましがられた。

「あれ、ほないよろしおすか」

潭平はたしかに急に華やいできたバンドの音と、客たちの目がひとみに集中していくのに、胸をくすぐられながら、さも気のないような口調をつくった。

「ええ娘やおまへんか。まだ子供っぽうて、あどけのうて、そのくせ、みとおみやす。あのえ

え腰つき、あの振りぐあい。思いやられますわ。お乳がぶるんぶるん震えてますやないか。きゃしゃなようであれ、案外、グラマーやおへんか。第一、上品でスマートでよろしおすわ」

「へえ、あれが上品でスマートでっか」

潭平は、女ルンペンみたいだった数時間前のひとみを加藤に見せてやりたかった。

「あの娘ああみえて、頭だけはよろしおますわ、阿呆やおまへんで」

潭平はここでひとくさり、二人の平八郎から、李朝と古備前の話まで披露した。

加藤がすっと、短い首ごと顔を寄せてきた。

「そいで、どやった。あっちも博学どしたか」

「それがまだ味みしてえしまへんねん。これからですわ」

「ちぇっ、勝手にしくされ」

加藤は冗談だけではない口惜しそうな表情で、どしんと潭平の背を叩いてきた。

法勝寺の家へ帰りついた時は、もう十二時をとうにすぎていた。

みつは心得て、客間にふとんを敷いてはなかった。

ひとみは家に入ると酔いが急に出て来たらしく、目がうるんで、体が今にも倒れそうに人形を坐らせたような不安定さでぐらぐらゆれている。ほくろのある唇がゆるく開いて、小粒な歯並びがあどけなくのぞいていた。

「眠うい」

「よしよし、ねんねさしたるで」

潭平は、ひとみの腕に背後から両手をさしこみ、ぐっとかかえあげた。立たせる拍子に乳房に手をすべらしてみて、ぎょっとなった。ブラジャーなどしていないらしい乳房が柔らかなニットスーツの下に、ぶるんと盛り上って、潭平の掌をつきあげてきた。堅いしこしこした娘の乳房の弾力が、いっきに潭平の情欲を煽ってきた。こんなひとみを軽々抱きあげてベッドに運びたかったが、さすがに六十八の潭平にはもうその体力がなかった。ひきずるように自分の寝室へ運びこむと、それまで正体もないくらい、ぐらぐらしていたひとみが、ぱっちりと目をひらいた。

「さ、みつがあんたのふとんの用意しとらへんさかい、ここでいっしょに寝よ。な、何もせえへんさかい安心してようおやすみ」

「うん」

子供のように素直にかっくんとうなずく様子がぞくっとするほど可愛い。潭平が服をぬがしにかかると、両手をだらりとさせたまま、何もかも潭平にゆだねきっている。まるで幼児のような無防禦さと無心さが、ふっといじらしさを呼び、潭平はいとしさのあまり不覚にも瞼の中が熱くなってきた。

「なんや、下着も着てへんのか」

上着をとると、つるっと玉葱の皮をはいだように裸の上半身がむきだされた。灯の色を集めたその軀は、しみひとつない白絹のように輝いている。顔より手よりもっと見事なのがひとみの裸の軀なのだった。

潭平は咽喉がくっつきそうな渇きを覚えて、思わず唾をのみ下した。ひとみが酔って男友だちの真中でテーブルにとび上り、服をぬいでいく場面が、まるで見てきたように潭平の目に映った。スカートのファスナーは背後についていた。震える指先でその小さなプラスチックのファスナーを一気にひきおろす時、潭平は、ナイフでひとみのスカートを切りさいているような錯覚を味わった。小さなレモン色のビキニパンティだけ申しわけみたいにつけたお尻が、ぷりっとスカートの中からあふれだした。

潭平は、五十歳をすぎてからはベッドを使っている。食事も衣服も日本趣味の方だけれど、ベッドの寝心地の方がよかった。情事に変化をもたらすのもベッドの方だということは経験で識っていた。ダブルベッドのヘッドボードには、スイッチをとりつけ、照明が好みの明るさや色彩に変るしかけになっていたし、ずらりと薬の瓶が並べられてあった。

みつがそこに用意してあったガーゼの寝巻をきせようとすると、ひとみは目をとじたままいやいやをした。

「何や？　裸でねるのんか」

「何もいらない」

酔いで舌ったらずになった声が甘えるように潭平の耳をくすぐってくる。潭平はもう押えきれないものを感じ、ハンカチーフほどのビキニに手をかけてしまった。

「いやン」

小猫がふみつけられたような声を出してひとみは寝がえりをうつ。ここまで来て、こんな焦らされかたをするのが潭平には思いがけなく、また軀の奥からたかぶったものがかけのぼってくる。

「何もしないよ。安心おしやす」

「ウン」

目をとじると素直なまつ毛が長く、瞳の切れ長なのが目立った。そっとそのままにしてしばらく青い灯をあてて眺めていると、眠っている人魚を見ているような美しさだった。久子がこの裸に惹かれ、描いたという絵のことを想像せずにはいられない。抽象しか描かない久子が、ひとみのこの裸をどんな色であらわしたのか。ひとみは存分に潭平の目に自分をさらしながら、すやすやと寝息をたてはじめている。

潭平は七つの時、係の女中の十八の千代が、毎晩眠ったふりをする潭平を愛撫し、最後にふわっと真綿でつつむように温かな肌で潭平を掩ってきた時の、しびれるような快感を思いだしてきた。潭平は眠ったふりをして、千代の指の動きを何ひとつ見のがしていなかったし、千代は千代でひそめた息を、次第にはずませながら、眠ったふりをしている潭平を見ぬいていて、あくまで眠ったものとして扱っていた。七歳と十八歳のなれあいの演技は、水ももらさずしっくりと結ばれあっていた。

潭平は、今、ひとみが七歳の自分のように眠りを装っているとしか思えなかった。潭平の愛撫の手が微風のようなほのかさと細心さでひとみの肌をすべる時、ひとみは時々、くふんとか、イヤンとか夢の中でつぶやきを洩らす。その声の甘さに、潭平は、ひとみのうそ眠りの演技を感じ、いっそう心も軀もそそられてくる。次第にひとみの白い肌が染めあげられてきた。緋桃の色に燃えてきた自分の肌の色は、目をとじたひとみには映らず、ひとみはまだ眠りを装いつづけているつもりらしいのが潭平にはおかしかった。

「何もしない。何もしないよ」

子守唄のようにくりかえしながら、潭平はもう飽き飽きしていたはずのすべてが、ふいに水と太陽に恵まれた植物のように、いきいきいのちをよみがえらせてくるのを覚えた。

処女のように、ひとみは無技巧に潭平を受けいれたけれど、その後はもう、眠りを装うことが出来なかった。潭平はふっと、このまま、息をひきとるのではないかという怖れが生れてはじめて頭をかすめるのを覚えていた。

久子から電話が来たのは、それから一週間めであった。

「この間はどうも」

「やあ」

「ずっとお世話になってたのかと思ったら、たった一晩しかいなかったんですってね。あんな娘だから、今日はじめて電話よこしたんですよ。すみませんでした。色々散財させた上、何か失礼しやしませんでしたかしら」

「へえ、そんなら申しますけど、あんさん。あれ、何の真似ですねん。あんさん。わたしを試してみなすったのか」

「あら、何のことかしら」

久子が電話口で笑いを殺している顔がみえるようで、潭平はいまいましくなった。

「あれがお嬢さんでっか、ええ家のお嬢さんでっか、礼儀も何もしらへん山猿ですわ。あんた、人を訪問するのに、ルンペンみたいな恰好してですね。挨拶もようせえしまへん」

「でも、本人はとても喜んでいましてよ。色々、お洋服や靴まで、すみません」

「あんな恰好の者《もん》つれて歩かれしまへんやないか。何もかも報告ありましてんか」

「あらっ、何でしょう」

こらえきれない久子の笑い声がころころとひびきわたる。

「森山さん、ちっとも愉しくなかったですか」

「さ、そういわれると……実は、翌日になって、どこへつれていこう思うてましたら、わたしの目の前で大阪のボーイフレンドに電話かけて、さっさと出ていきよりましてん。その上、二日たったら、大阪のホテルから電話ですわ。ここのホテル代払うてくれいいまして」

「まあ、それはすみません。そんな娘じゃないと思ったんですけど」

まだ久子の笑い声はつづいている。

「あのう、忘れものしたんですって」

「へっ、そんなことまで報告してますのか。実はあの娘の出た後、ベッド片づけてたら、ズロースが出てきましてん、つくづくひろげてみせてもらいましたわ。洗う必要のある状態やったから、わたしが風呂の中で洗いましてん。六十八になって生れてはじめて女の下ばき洗わしてもらいましたわ。何やら涙が出てきましてん。それ、今、紙袋にいれてひとみさま御預り品と書いてうちの金庫におさめたります」

久子の笑い声はいっそう華やかになった。

「あれ、何の意味ですねん」

「いえ、ただあの娘が銀座のお京のママにあなたの話聞いて、とにかく紹介してくれってきかなかっただけなんです。あの娘の裸は一見の価値があると思って送っただけなんですよ。ほんとです。何も意味なんかなくて」

久子の笑い声と共に電話は向うからきれた。

電話口に、ひとみがいたのかどうか、訊けばよかったと思いながら、潭平はあたたかな厠から出ていった。


〈1966（昭和41）年5月「小説新潮」初出〉

春の弔い

目が覚めた時、耀子《ようこ》は手脚がゆるやかにくつろぎ、顔まで和んで、ほとんど微笑を浮かべそうになっているのに気づいた。それは夢ひとつしのびこむすきもない熟睡の中から、ふっと意識の還ってくるあの爽やかな目覚めの気分ともちがっていた。もっと見つづけていたかった愉しい夢の中から連れもどされた名残惜しさが、まだ霞のひき際のようにほのかに眠気のまつわっている神経にも、軀にも甘く残っていて、軀じゅうのあらゆる細胞がうっとり安らいでいるようであった。

アパートの自室の寝床で、こんな快い目覚めを味わうのは耀子には近頃にないことだった。この二、三年来、急速に眠りが浅くなっており、薬の力を借りずに眠ることが次第に辛くなってきている。横になるが早いか、深い眠りにひきこまれていた寝つきのよさは二十代もはじめの頃までで、短い結婚生活に破れて以来というもの、正確にいうならば、新婚旅行から帰ってからというものは、耀子は不眠にしつこく悩まされるようになっていた。

佐野との愛にめぐりあってからは、ようやく娘時代の深い眠りがとりもどせそうに思ったのに、その平安もまた、平岡とのことから乱されてしまい、夢の中まで耀子はうなされるような日々がつづいていた。

最近の夢はどれもみなとりとめもない不確かさで、目覚めて思いかえすと、筋も場面もきれぎれで、しっかりとは思いだせない。そのくせ、夢の中で味わった、何かに追われつづけているせっぱつまった感じや、何者かに脅やかされている胸苦しさなどは、目覚めの床の中の軀じゅうにしこって残っており、腋の下がじっとりと、冷たい汗でしめっていることなども珍しくはないのだった。

脅かす相手が、佐野であったか、平岡であったか、思いだせないことの方が多く、執拗にその影の正体を究めようとしていると、それがもう決して思いだしたくもない別れた夫の浅田の顔になって浮かび出てきたりするのだった。

耀子は、今朝の夢の珍しい愉しさと快さをすぐには逃したくない想いで、わざと瞼をとざし、軀をひっそりと縮めて、もう一度夢を反芻してみようとした。

自分の夢には色彩はないつもりだったのに、今朝の夢はまず、紅梅のはんなりした紅の色から滲んでくるようだった。満開の紅梅の下に、ふっくらした着物に細い金襴の帯を締めた京人形のような童子が眠っている。人形を転がしたような無造作な寝相で、童子は無心に眠りつづけている。梅の枝にはいつのまにか鶯が一羽とまり、鳴きしきり、空は金粉をまぶしたように霞み、とろりと早春をたたえていた。もう何年も何年も眠りつづけている樹下の童子は、鶯がいくら声をかぎりに呼びさまそうとしても目を開こうとはしない……子供の頃、絵本で見たようにも、おとぎばなしに聞いたようにも思う「夢見童子」のそんな図柄が、今朝の夢になぜしのんできたのだろうか。

耀子は目をあけ、仰向いたまま手をのばし、ようやく目覚めの煙草に火をつけた。

佐野か平岡と夫婦として暮しているならば、こういう珍しい朝の夢の話などを、まず傍の夫にむかって聞かせるのではないだろうか。耀子は自分の寝床の左右に拡がっている畳の冷たいうす青さを見かえった。

別れた夫とは三カ月と暮してはいなかった上、その三カ月も、別れ話をこじらせて、夫とは部屋を別にしたり、耀子が里に帰ったりで、ほとんどまともな夫婦らしい暮し方をしてはいない。新婚旅行から帰るが早いか、もう不穏な空気の中に投げこまれたような関係だったから、夫婦らしいしみじみした語らいなど持つ機さえなかったのだった。その辛く苦しかった想い出にこりごりして、二度と結婚などするものかと心に決めてきた耀子にとっては、幸福な結婚生活を想像してみることさえ屈辱で、意識の中から、結婚生活や夫婦の情愛などというものへの想像を締め出してしまっている。

その後、男との愛にめぐりあっても、決してその男との結婚生活を望む気持がおきないのは、最初の結婚で与えられた傷の深さが、並大抵ではなかったせいなのだった。そんな耀子が珍しく、今朝は、世間の夫婦というものの目覚めの会話を思いやってみたりしていた。

夫婦の間の寝物語というものは、寝に就く前の話をさすのか、あるいは目覚めの時の顔を見合わせた瞬間に始まる会話をさすのだろうか。眠りにつく前に、食卓でしのこした話を思いだしてあれこれ語るのも、いかにも夫婦の情愛を深めるようにも思うけれど、朝、まだ軀のどこかに眠りがのこっているようなけだるさの中で、傍の夫や妻にむかって、たった今見た夢の中の話を聞かせ、夢の中の愉しさや怖さや、怯えなどを分けあうのこそ、夫婦ならでは味わえない親しさなのではないだろうか。

佐野や平岡と、幾度肌を合わせても、耀子は自分の城とも思っているこの二間つづきのアパートに、男を泊めようとはしなかった。佐野とはホテルを使ったし、平岡とは平岡の下宿で、座蒲団を敷くことも忘れるような性急で熱情的な触れ方をしている。平岡の下宿では、いくら平岡が引きとめても耀子が泊らないように、佐野は、身動きもしたくないほど軀じゅうの力をしぼりつくした耀子が、ホテルに泊っても、ある時刻がくれば、必ずベッドをぬけ出て、耀子の眠りを覚まさせないひそやかさで服を身につけ、そっと部屋を出てゆくのだった。

病気で療養中の妻は家つきの恩師の娘で、佐野は妻の両親や娘と妻のいない家に棲んでいるのだった。

そんな男たちと、ゆっくり一夜を抱きあって眠りをわけあい、互いの夢まで共有しようと、目覚めの床の中で夢を語りあうというような、しみじみした経験はなかった。考えてみれば、耀子の方が彼等より、そうしたチャンスを持つことを怖れ、逃げつづけてきたのかもしれなかった。

枕元に外して置いた腕時計を見ると、まだいつもの起床の時間より四十分は早かった。もう今ではみじんも眠気の残っていない頭に、昨夜、眠る前自分の考えていたことがはっきり思いだされてきた。

――わからないことは明日考えてみよう――

自分にいいきかせた最後のことばも思いだせた。妊娠したかもしれないという考えを右から左からひとりで検討して、疲れはてたあげく眠ってしまった昨夜は、妊娠という実感がどうしても感覚では摑めなかった。耀子がその現象に一番こだわったのは、佐野の子か、平岡の子かという問題だった。

五日前逢った時、佐野が、ワイシャツのボタンをはめながら、まだベッドに溺死人のようにしがみついている耀子にむかって声をかけたのだ。

「今月、遅れてるんじゃないかい」

「え?」

「耀子のお客さん……」

もう四年めになる長い関係の間に、佐野はほぼ耀子の生理に通暁していたといってよかった。二、三の私大の英語の助教授や講師をしながら、翻訳の仕事もぼつぼつしている佐野は、万事によく気のつく、神経質なところがあった。耀子の規則正しい生理のめぐりをいつからか、覚えこんでいて、耀子は佐野の計算の正確さに頼りきり、避妊の用意さえ佐野にゆだねっきりで安心していた。まだこれまでの佐野との歳月に、一度もそうした不安を抱かずにすんだのも、ひとえに佐野の要心深さと慎重さのせいだと耀子は認めていた。それだけに、佐野から注意をうながされた事実は、見逃すことは出来ない。

佐野はズボンをつけ、ネクタイを結びながら、

「一週間ほど遅れてやしないかい」

とまだそのことにこだわっていく。

「そうね。五、六日じゃなかったかしら」

「いや、一週間だよ、今日で」

「………」

「こんなことはじめてだね。耀子はまるで機械みたいに正確だったからね。……でもそんなはずないんだけどなあ」

耀子の頭にはすぐ、平岡の、拷問に耐えるように苦しげに眉根をよせ、唇を歪めた、極まりの時の顔が浮かんできた。けれども、平岡の方には、もっと確率の高い予防を耀子は強いているのだった。とはいうものの、どちらの男にしても、耀子はそれを最初の時に暗示し、望んだだけで、あとは男たちの自制心にまかせきっている。

どちらの男が油断してしくじっていたとしても、耀子にはその結果があらわれるまでは、知れるわけはなかったのだ。

「あと、四、五日、様子をみて、もし何だったら相談しようね」

佐野のいい方はあくまで優しかったけれど、佐野が口に出すまでには、もう相当、考えぬいて、ある確信と決心を固めているという雰囲気が、その口吻には感じられた。

それから昨夜まで、耀子は平岡ともあわず、ひとりの夜を送っている。たまたま、平岡はその間九州に出張していたのだ。

九州から帰った平岡とは、今日逢う予定になっていた。

「夢見童子」のあんな美しい夢をみるなどということが妊ったという証なのだろうか。耀子は昨夜の夢は、二人の男から完全に解放された数日の、心身の休養が眠りに作用して、結んだ夢かもしれないとは考えようとはしなかった。


「出張先でも何もしてこなかったの」

「そんなことわかるじゃないか」

「だから訊いてるのよ。どうして、そんなに窮屈に考えるの、もっと自由になさいよ」

「いやだなあ、そんないい方。ぼくはいつだって、真剣で、真面目なのに、なぜ、きみはそう、わざと不道徳ぶりたがるんだろう。きみの本質が、真面目で、誠意があるってことは、ぼくにはちゃんとわかってるんだ。そういうきみが好きなんだよ」

「どうしてあなたはまた、そう買いかぶりたがりなのかしら。あたしは、いいかげんな人間だし、そんなに誠実で正直で、真面目な人間じゃないのよ」

「じゃ、どうしてぼくをこんなに愛してくれるの」

平岡は、耀子の軀にたしかな愛の証を見出しているというように、それを耀子にも誇示してみせた。平岡の指の動きにつれ、耀子のどこかで小猫がミルクをなめるようなかすかな音がする。

「ほら、こんなに、ほら」

若い平岡の要求は性急で激しく、繰りかえすことが当然だと思っている。

出張中の禁欲が、健康で道徳的なこの若者の全身に活力をみなぎらし、目の中にまで、あふれるいのちが焔をふきあげているように輝いていた。

耀子は平岡の力強さに摑まれ、その堅い腕で横抱きに締めあげられ、ふたりで空中に舞い上っていくような何度めかのめまいに捉えられていった。

平岡が離れを借りているこの下宿は、耳の遠い老未亡人の大家がひとり棲んでいて、九時になれば、母屋の雨戸は締めきってしまう。すると平岡の部屋は広い荒れた庭に面して、沖に浮かんだ方舟《はこぶね》のような静かさにとり囲まれる。少しばかりの声や物音は、はばかるところがないのだった。

「ぼくはね、今度は旅先でじっくり考えて、決心してきたんだ」

「何の決心」

「きみと結婚することさ」

耀子が小さく声をたてて笑った。

平岡はそんな耀子の口を唇でふさぎ、笑いを封じてしまった。

「笑いごとじゃないよ。今度はきみがいくらじたばたしたって、そうしちゃうんだから。いいわけなんか聞いてやらないよ。今度はきみがいくらじたばたしたって、だまって男に従いてくればいいんだ。きみは、以前の不幸な結婚のおかげで、結婚も男も信じなくなっている。そんな馬鹿な話はないよ」

「何度いったらわかるの。あたしはあなたが好きよ、好きだからこうしてつづいてるんだわ。尤もはじめは偶然だったし……」

「もういいよ。あれだって、きみはあくまで偶然ときめこむけど、ぼくは宿命的なものだと考えたいんだ。だって考えてもごらんよ。このビルが建って以来、エレベーターが三時間も途中で宙吊りで止ったなんていうのはあの時だけじゃないか。それは偶然なんてものじゃないよ。運命的だよ」

その故障をおこして宙吊りになったエレベーターの中に、同じビルにはあっても、三階と七階の事務所に別々に勤めている耀子と平岡のふたりっきりで乗り合せていたのだった。

故障が直って動き出す十分前、もう檻の中で待ちくたびれ、不安に耐え得る限界まで押しつめられていたふたりは、心中に出かけた恋人のように、しっかりと抱きあっていたのだ。

「ね、考え直しておくれよ。そりゃあぼくはきみより年が下だし、サラリーだって少いし、将来だってころがりこむような遺産のあて一つないさ。だけど、若さはすぐ年をとるだろうし」

「あなたと同じだけ、あたしも年をとるんだってこと忘れないでね」

「御尤も。しかし女は三十で成長が大体止ってしまうけど、男は三十すぎてから人生が始まるんだ。ぼくは会社では少くとも無能とは思われていないんだよ」

耀子は笑いだしてしまった。日頃から耀子は平岡のこの単純さと率直さと、原始人のような素直な情熱にひかれていたのだったし、それらはすべて、佐野の持っていないものだった。だからといって佐野との長い情事の想い出を捨て、平岡と退屈な結婚に入るつもりは毛頭なかった。最初の結婚でこりて以来、耀子は結婚生活は、見果てぬ幸福の城ではなく、むしろのぞいてしまった牢獄に等しくなっていた。

父の知人の紹介で見合結婚をした浅田は、資産家の三男だったが、三十二歳になってもまだ浮いた噂ひとつない、と仲人は浅田の純情さを保証した。

見合で、お互いにさほどひかれたというわけではなかったけれど、周囲の方が熱中して、この縁談をまとめあげてしまった。

耀子は見合から結婚までの三カ月間に、浅田とは数回しか逢っていなかったし、そのほとんどの場合、浅田の父の後妻、つまり将来の姑がいっしょだった。浅田の義母の保子は、若く、美しいだけでなく、聡明だというので浅田の父に求められた、父の会社のかつての秘書だった。

浅田は長い間、母なしの生活の中で育った末、中学の三年の時若いこの義母を迎えたのだ。耀子との縁談に最も熱心に働いたのは、仲人についでこの保子だった。保子は浅田の縁談が三十すぎても決らないのを、自分の怠慢のように、親類筋に非難されているのが辛いといって、耀子の母の前でうちしおれてみせる。人の好い耀子の母は、すっかり保子びいきになり、

「あのお姑さんなら苦労が身にしみているし、思いやりもあろうから」

と、娘の為に安心していた。

結婚式の前日まで保子がこの結婚式の準備に立ち働いてみせた熱意と誠意は、関係者にほとほと舌をまかせた。

——やはり、義理がある仲だから、あれほどにしなければならないのだろう——

結婚式の当日まで耀子はほとんど何ひとつ心配することはなかった。母と保子まかせで結婚式の準備は着々と進行していった。その当日、保子は連日の心労のせいか、人目につくほどやせて目が落ちくぼんでおり、化粧の下からも肌の疲れが滲んできていた。

控え室で、すっかり花嫁衣裳をつけた耀子をのぞきに来て、保子は耐えきれないように落涙した。

「こんなにお美しく、こんなに御立派にお育てになって、お手放しになるのはどんなお心持でしょう。あたしは子供をひとりも産んだことがありませんけど、それだけに、子供を持ってい

る人の、無造作にみすごしている幸福や、血肉をわけた親子の情愛の絆がいっそう身にしみて察しられる気がいたしますの」

涙を大きな麻のハンカチで押えながら耀子の母に挨拶する保子の感傷につりこまれ、のんびりした耀子の母まであわてて目頭にハンカチを押しあてた。

「耀子は幸せだよ。あんな優しい姑さんだもの、もうあたしは何の心配もありませんよ」

保子は疲労と気のゆるみからか、当日の式場では、少し人目につくほどぼんやりしたおかしな挙動が多かった。といってもそれは、神前で、玉串を捧げに進み出る時、つんのめるように足をもつらせたり、披露宴のテーブルで、ナイフを音たてて床に落したりした類のことにすぎなかったが、日頃の保子を識っている人々の目には、奇異な、不安な気持を抱かせた。

新婚旅行から帰った若夫婦は、二人の兄たちの例と異なり、老いて来た父が淋しがるという理由から、両親の家に同居することになっていた。

若夫婦の旅行の間に、保子は、式前の気疲れから疲労が出て寝込んでいた。家に帰りついた日から浅田は、会社から帰ると出迎えた妻の横を通りぬけて、まず、真直、保子の部屋に見舞いにゆき、夕食を告げるまでそこから出ては来なかった。

夫と義母が、疾《と》くから通じていた事に耀子が気づいたのは、新婚旅行から帰って一カ月もたたないうちだっただろうか。証拠は何ひとつつかめないままに、耀子は夫と姑の間にかもされる不気味な妖気を感じ、花嫁らしくない異常なやつれ方をしていった。居たたまれず、里に逃げ帰る。すると必ず保子が礼をつくして迎えにくるのだった。まだ短大を出たばかりだった結婚前の耀子は、保子の目から見れば、どうにでもうち直せる熱い鉄に見えていたのかもしれなかった。けれども、若妻になった耀子の中から滲みでる若さと無垢な素直さが、結婚式の当日から保子をこの上もなく圧迫し、嫉妬をかきたて、脅かしはじめようとは計算外の出来事だったのだ。

この離婚の結果、耀子には浅田家から相当の慰藉料がとどけられた。

その後も耀子には縁談が不思議なほど持ちこまれたけれど、もう二度と結婚する気持は耀子の中から消え失せていた。

タイピスト学校へ入り、英語のレッスンをとり、英語の速記術まで身につけた耀子は、高価な犠牲を払って得た慰藉料を持って家を出た。自分だけでアパートに棲み、自分の働いた金で暮し、自分が摑んだ慰藉料の利息で愉しみ、耀子は次第に自分の生活を快適に好ましく整えていった。

二、三の軽い情事のあとで、佐野とめぐりあってからは、佐野ひとりと慰めあい、歳月がすぎていた。

佐野に耀子がそこまで心を許したのは、佐野の家庭の事情から、決して佐野とは結婚などで結ばれることはあるまいという安心感からだった。

快楽の費用は、佐野が持つ日もあれば、耀子が持つ日もある。耀子は佐野によって、はじめて女の味わう快楽を識らされた。

佐野の妻の病いは神経性のもので、いつ治るともあてがなかった。耀子は佐野の妻のことも家庭の事も、ほとんど自分から訊こうとはしなかったけれど、佐野が話しだす時は、思いやり深い目つきで、聞きとってやる。全く自分とは無縁の不幸な人の話には、女は誰でも同情を示せるものだった。耀子は佐野の妻に、およそ嫉妬らしい感情を味わったこともなかった。


耀子は佐野に平岡との新しい関係をかくし、平岡には佐野とのこれまでの関係をかくしていることで、自分をやましいと思う気持は持っていなかった。

佐野に対しても平岡に対しても自分の立場は自由だと思っていたし、二人を好きな感情はそれぞれにちがっていて、和服も洋服も着こなす趣味があるように、違ったタイプの男を同時に好きになれる自分を、それほど恥ずかしいことだとは思っていない。

とはいうものの、お互いの存在を相手に識らせた場合の男たちの反応の仕方が、耀子にはほぼ想像がつくようで、それによっておこる感情の浪費には耐えられないだろうと考えるのだった。

知らせないですむ問題なら、知らせないで、自分の生活の波長もみだりに乱したくはなかった。逢った時、愛しあうのは好ましいけれど、別れた後まで、自分の内部にたちいってこられるのは鬱陶しかった。

佐野にも、平岡にも耀子に対する情熱も誠意も認められる。佐野が平岡のような身軽な立場にいたら、おそらく佐野も今日の平岡のようなことを、もっと早くに申し出ていただろうと思う。

「もうこんな関係は耐えられないよ。こんな曖昧な」

「どこが曖昧なの」

耀子は平岡のウェストのくびれに力の萎えた手を置きながら、優しい目と声で訊いた。

「考えてもごらんよ。ぼくらはもう大方一年も愛しあってるんだろ、それなのにぼくはきみがどんな部屋に棲んでるか知らないし、きみの家族の顔を見たこともない」

「はじめにいったはずよ」

「そりゃあ、覚えてるよ。結婚に失敗して以来、自分ひとりの城を守ることが生き甲斐になっている。その中は誰にも侵されたくないから外で逢うならいつでも逢う。それから結婚を前提としないつきあいならしてもいいって」

「その通りよ。あたしはあの時とちっとも主義は変ってないのよ」

「ぼくだって正直のところ、こんな責任を感じないでいい、男に都合のいい女友だちがまたとあるものかと思った。お互いに快楽だけをわけあって苦しみは忘れあおうという。そんなスマートな関係はないと思った」

「それでいいのよ。そうしなきゃ、人間関係なんて、美しくはつづけられないのよ」

「でも、人生ってものは、きれいごとばかりじゃないんだぜ。むしろ、辛いことや苦しいことが多いんだし、それだからこそ慰めあう相手がほしいんじゃないのかい」

「そういうお相手なら外に探してよ。あたしには向かないのよ」

「耀子！」

平岡は濃い眉のあたりに昏い翳をつくり、悩ましげな目つきに、怒りの火を燃やしかけた。

「きみは、ぼくをきらいじゃないんだろう」

「好きよ。だんだん好きになっているわ。それはわかってるはずだわ」

「でも、口でそういってくれたことないじゃないか」

「ことばがそんなに信じられて？」

「はじめに言葉ありきだよ。自分の意志をことばで表現しあうのが人間じゃないか」

「ことばで嘘をいうことだって出来るわ」

「そんなあげ足取りはよしてくれ。本気なんだ。実は……」

「実はどうしたの」

「今度、故郷から嫁をもらえってすすめてきたんだ」

「そう、もらってもいいじゃないの」

「それ、本気でいってるのか」

「どうして？　なぜそんなにいきりたつのよ」

「よせよ。妖婦ぶるのはよしてくれ、きみの本質はそんなものじゃないんだ」

「あなたが考えてるほど善良な淑女でもないのよ」

「きみは、本当にひとりなのか」

「どうして?」

「いや、ふっと、そう思ったのだ」

平岡の心に、曇った鏡に映る影のような漠とした何かの存在が映ってくるらしい。それが愛の直感だと受けとりながら、耀子は平岡の一途さが嬉しいよりも不安で、警戒心が生じてくるのだった。

佐野さえも、耀子はほとんど自分の部屋へ招いたことはなかった。ただ長い歳月の間には、耀子が病気で寝こんだこともあって、そんな時、佐野が見舞いかたがた訪ねて来たことはあった。そういう時も耀子は決して男に甘い顔をみせはしない。

自分の部屋で男を待つようになることは、男に屈従してしまうことであり、たとえ男から金をうけとらないでも、耀子の自由は奪われてしまうだろう。

耀子の現在の生活で一番大切なのは自由なのだ。たとえば、愛よりも。

耀子はひとりで住んでいても、あまり外食をするようなことはない。二間の部屋の外に小さなダイニングキッチンのついたそのアパートの台所には、一人所帯にしては多すぎるほどの台所用品が揃えてある。二合炊きの電気釜の横にはジューサー。その奥の棚には、アルコールランプつきのパーコレーター。耐熱ガラス材は紅茶入れだけでなく、スープ鍋から煮物鍋までそれで統一されている。壁ぎわには、ステンレス製のピカピカした洋杓子類が、実用品というより装飾品とでもいいたいような洗練されたスマートさで並んでいる。七色のカラータオルのふきん、真赤な琺瑯《ほうろう》引きの薬罐、明るい水色の小さな擂鉢《すりばち》。花のアップリケのついた鍋つかみ、人形の刺繡のあるトースター蔽《おお》い。デパートの台所用品売場のモデルキッチンに迷いこんだかと思うような、明るさと清潔さと、色彩の豊かさに充ちた台所。耀子はそこでゆっくり時間と手をかけ、見た目にも色彩豊かな美しい料理を拵えあげ、料理の間じゅうから、かけっぱなしのムード音楽のレコードをききながら、ひとりの食事を愉しむのだった。

ぬかみそ漬もつくれば、ピックルスも漬けてある。梅酒もつくれば鉄火味噌も練ってある。それらを耀子は誰に食べさせようという気持もなく、ひとえに自分ひとりの味覚への饗宴用として、丹念につくりあげるのだった。

いつでも爪の手入れのゆきとどいた、しなやかな耀子の指はタイプライターを叩く以外に、水仕事などしたこともないように見える。

耀子の神経のゆきとどいた都会的な服装からは、およそ家庭的な匂いはしない。オールドミス的な小ぎれいさと、冷たさと、豊かさの感じはうけても、出もどりめいた台所臭さやいじけた野暮ったさは、みじんも見られなかった。

男に家庭的な女だと思われたがる女の媚態に、耀子は厭らしさしか感じなかった。

かつて、幸福な娘時代の耀子にとっては、結婚生活への夢や期待は、夫婦の性愛や心の結びつきに対してよりも、台所用品や電気掃除器や、靴磨き用品などの日常生活的なものに繫がっていた。

短い耀子の結婚生活では、それらはすべて、姑の保子の手垢のついたものでみたされていて、耀子の夢の割りこむ隙も見出されなかった。

この頃、耀子はパリのスカーフや、フィレンツェの手袋を探すのと同じ熱心さと愉しさをこめて、スエーデンの卓上調味料入れや、皿や、ゾリンゲンのナイフや骨きり鋏を選びにゆく。暴力的に破壊され奪われた結婚生活への復讐とみれんは、何重もの屈折を経て、耀子を異常なほど「独り」好きの女に仕立てあげているようだった。

平岡は外見のたくましい男らしさに似ず、清潔好きのまめまめしさで、洗濯や掃除を苦にしないらしい。いつ行ってみても、部屋は一応片づいており、離れの軒下には、洗ったショーツや靴下が何枚もぶらさがっている。

耀子はそれらを目にしても、格別心を動かされた表情もみせない。好きな男の下着を見ただけで、洗いたい衝動を覚えるといった会社の同僚の話を聞いた時も、電車の中で、自分の赤ん坊に人目も忘れて接吻したり、頬ずりしたりしている若い母親を見る時と、同じ種類の厭らしさしか耀子は感じなかった。

「きみは、いったいぼくのどこに惚れてるの」

平岡は耀子の愛撫に軀をゆだねながら、天井を見上げたままでつぶやいた。

「なぜ?　自信がないの」

「ないね。きみとして終ったとたん、ぼくにはきみが何を考えてるのやら、どうしたいのやら、さっぱりわからなくなってしまう。つかまえどころがなくなってしまうんだ」

耀子は平岡の馬鹿正直な素直さに、心が和まされるのかもしれないと思いながら、自分の掌を、平岡のひきしまった堅いなめらかな腹にそってゆっくり螺線を描きながらすべらしていく。ふたたび、いのちを漲らし、きっと身を起した平岡のものに掌を添えながら、耀子は、低い声に、優しさをこめて囁いてやった。

「これ……」

平岡がそういう答に決して満足しないのを識っていながら、平岡の次のことばをふさぐように、耀子は熱い全身で平岡を掩っていく。

ノックを待ちかねていたように、ドアがすぐ、内側からひらかれた。

もう着がえて浴衣姿の佐野が、片手で耀子の胴をひきよせながら、片手をのばし、ドアの鍵をしめた。

おだやかな接吻で唇を吸われた時、下唇の裏が痛み、思わず、耀子は佐野の胸を突いていた。

「どうした」

「今朝、熱すぎるスープで舌を焼いてしまったのよ。ひりひりするの」

唇をことさらにまるめ、佐野の顔の下でしいっと音をたてて息を吸いあげてみせる。本当は、平岡に強く吸われすぎ、嚙まれ、下唇の裏に傷をつくっていたのだ。二日たつのに、まだ湯や水がひりひり沁みていた。

「そそっかしいね、相変らず」

佐野は疑いもせず、そのまま耀子の腰をかかえ、ソファーに運んでいった。長い歳月をかけたふたりの愛には、馴れた夫婦のような肉親じみた親しみが通いはじめていて、最初の一、二年のように、ふたりきりになるが早いか、性急な抱擁に移るという激しさはなくなっていた。平岡の荒々しく情熱的な愛撫にみちたりている耀子は、佐野の穏やかさにも不満のあるはずがなかった。

もうすでにテーブルにはウイスキイとグラスと氷が運ばれていて、佐野の汗をかいているグラスには、角のとれた氷の塊がいくつか、琥珀色の液体の中に沈んでいた。

食事が部屋に運ばれてくる間に、二人がバスを使うというのも、ふたりの時間にいつからか決められた習慣になっている。

糊で一枚の板のように、折り畳まれたままくっついている、ホテルの浴衣をはがしながら、

「あなた、先にお入りになったら」

と耀子は声をかけた。

「うん、これ、あけてしまうから、耀子が先にお入り」

佐野は、ソファーに足をのばし、週刊誌を片手に持ちながらグラスを顔の高さにあげてみせる。

逢っている間じゅう、絶え間なく話しかけ、休むひまもなく愛撫をくりかえす平岡とはちがい、佐野との時間は、一つ部屋で、お互いが相手の存在を忘れたように、それぞれ新聞を読みふけったり、めいめいの考えごとにとらわれていたりすることも多い。

浴槽に湯を満たす間、バスルームの鏡の前で、耀子は裸の全身を点検していた。

密会用に、斜陽華族の邸を改築してつくられているこのホテルでは、浴室の壁に全身用の鏡がはめこまれてあった。

黒のタイルに浴槽もトイレも洗面台もピンクで統一されているので、妙に煽情的で淫靡な匂いがこもっている。

耀子は、キューピットが灯をかかげた青銅まがいの照明器が、上方から明るさをそそぎこんでいる鏡の中に、すれすれに自分の軀をよせていく。脚を合わせてさえいれば、平岡のつけたキスマークは、軀の前面には窺えなかった。腕を一本ずつ頭の上にあげてみると、左上膊《じょうはく》の腋窩《えきか》よりに、三色菫をおしあてたような大きさでその跡がある。

くるっと向きをかえ、首をねじむけて背を写した時、耀子ははっとなった。左肩の首よりに、もう一枚の萼《はな》がはりついているような跡がのこっていた。

これは覚えがなかったし、念のためにみたくらいの気持だっただけに耀子はちょっとたじろいだ。両脚を開いてみる。こちらはよほど薄れた菫の萼が脚の根近くについていた。

何かの雑誌で、キスマークを早く消すのは、レモンの輪ぎりでこするとあったので、ここ二日ばかり、耀子は熱心に、夜になると脚のそれをこすっていた。いよいよ、近く医者に行く必要を感じてもいたし、佐野の目にも出来ればかくしておきたいものだった。あまりレモンの効用があったと思わなかったけれど、腕や背のに比べると、たしかに脚のそれは、紫が黄ばんでいくらか薄れて見えた。

背のは、今更どうしようもなかった。

佐野とは、愛撫までおだやかに平凡に落ちついていて、平岡のような激しさとか、刺激を需める姿態とかを選ばなくなっているので、腕や背も、或いはそのまま、佐野の目にふれなくてもすむかもしれない。

背の歯型を捺された時のことを耀子は鮮かに思い出した。

耀子の心を捕えきれない焦躁を、平岡は、性愛の場で復讐するかのように、次第に凌辱の型を選びだしてくる。抗い難い激しさで、それを迫る時の、平岡の雄々しい怒りのこもった表情は、意志的できっぱりとして、耀子の内側にさざなみだつような期待と快楽をよびさますものがあった。

眉根をよせ、眦《まなじり》をあげた平岡のきびしい表情の中には、勤めから帰って、自分の汗じみた下着や靴下を、もそもそ洗う姿など想像も出来ない男らしさに輝いていた。

女を征服し、女を責め、女をしいたげる男のたくましさと威力がこもっていた。そういう時の平岡の、容赦のない荒々しさの前に屈伏していく時、耀子は、最も自分の中の女を感じ、全身が優しさにみたされるのを感じるのだった。

逢い始めた頃の佐野にも、いくらかそんな激しさがあったはずだと、思いだそうとするのに、佐野の思い出は、現実の平岡の激しさにかき消えていく。一度だけ佐野に平岡の好む型で襲われようとした時、耀子は反射的にはげしく拒否して、佐野の胸の下から逃げだしたのを覚えていた。二十六歳の平岡には許せる方法も、四十二歳の佐野には不潔で淫猥な感じの姿態に見えるのが不思議だった。

いつのまにか湯の音が静かになっていた。

あわてて把手をひねり、多すぎる湯を少し流していると、いきなり浴室のドアが開き、佐野が入ってきた。耀子は反射的に背をかくしたので、全裸の軀で一歩佐野の方へ迫ったように見えた。佐野が圧されたようにひるんだ目で曖昧な微笑を浮かべた。

「いっしょに入っていいかい?」

断わる理由もみつからない。湯の音にまぎれて、気配を聞きのがしたけれど、すでに食事は運びこまれてしまったらしい。

「どうぞ」

耀子はするっと脚から浴槽に軀をすべりこませた。洋式の浴槽なので、後から入ってきた佐野と、脚を重ねて向きあうしか二人で入る型はとれない。

眼鏡を外した佐野の視力がどの程度のものなのか、はじめて耀子は考えてみた。

「これ見えるの、あなたの目」

耀子は乳房の前で掌をひらひらふってみた。

「手がひらひらしてるのはわかるんだけれど、ぼうっとりんかくが霞んでるんだ。指なんか」

「ほんと？」

「〇・〇八だからね、両方とも」

佐野の目は大きく、むしろ美しく、眼鏡をとっても、人相や目相の変る性《すがた》ではなかった。耀子はいっそ、眼鏡をとった時にあらわれる佐野の柔らかな表情の翳りが好きだった。

「じゃ、そこからだとあたしの顔なんかも見えないの」

「まさか、そりゃ見えるさ。でも水の中に写ってる顔みたいにちらちら揺いでいる不確かな感じだね。きれいにみえるよ」

「まあ愕いた。そんなにひどいとはしらなかったわ。じゃ、ベッドの中のあなたのために、何もおしゃれする必要なかったのね」

「だって、ベッドの中が一番近々ときみをみられるよ」

少なくとも、この位置では、あの紫色の肩の萢は佐野の目に捕えられたところで何か影くらいにしか映らないと、耀子はようやく心がのびやかになって、自分の脚をゆったりと佐野の脚にのせていった。

「背中流してやろうか」

「結構よ。あたしはもう出るんだから」

「何だ、洗わないの」

「毎日洗ってるんだもの」

佐野の手が乳房へ伸びてきたのを機《しお》に、耀子はすっと立つと、そのまま佐野のもたれている壁の方へむかって歩き、そこにかけてある湯上りタウルをとって、素早く肩をつつみこんだ。

佐野に引きよせられ、愛撫に移る時、耀子はいつからか、心の中に平岡と比較する癖がついているのに気づいていた。その比較は、平岡との愛撫の中にはしのびよって来ないのは若い平岡の激しさを、受けとめるのが精一杯で、耀子にそのゆとりがないためなのだろうか。

馴れきった佐野との性愛は米か水のようなさりげない美味さがあって、こなれ易い感じがあった。夫婦の日常的な性愛は、どこでもこういう形に落ちついていくものではないだろうかと、耀子が、離れていく佐野の、盲腸の傷あとのある腹をいつになく沁み沁みと見つめている時、佐野が脇をむいて、汗をふきとりながら、つぶやいた。

「耀子はいくつになったの」

「二十八よ。どうして？」

「結婚は本当にするつもりがないの」

「そうね、考えてもみないわ。なぜ？」

「あれから、まだだろう」

佐野がちらっと耀子の方へ目を走らせた。よく光る、大きなはりのある瞳は、それが人の顔もおぼろにしか写らない目とは見えなかった。言葉で説明されるのを信じるだけで、こんなに佐野を識りつくしているつもりだって、佐野の視力一つさえ感得出来ないんだと思うと、耀子はふっと、肩が落ちていくような頼りない気持に誘われた。

「まだよ」

「病院はいってみた」

「いいえ、まだよ。でもゆくつもりなの、二、三日じゅうに」

「ついていった方がいいかな」

「いえ、結構よ。あたしの問題だわ」

「どういう意味だ」

「あなたに責任なんか感じてもらわなくていいっていうことよ。はじめから起こり得ることだし、当り前のことだもの、今までなかったのが不思議なくらいでしょ」

「ぼくが産んでくれといったら」

「信じられないわ。一時の感傷よ」

「本当に耀子の世代はそういうふうにドライに割りきれるのか」

「世代の問題じゃないと思うわ。個人的な問題よ。性格かもしれないわ」

「一度も、これまでなかったんだろう」

「ええ、だって結婚生活はあんなに短かったし……」

「三十すぎての初産はつらくなるんだよ」

「自分だけに属す子供を産んで自分ひとりで育てるのが女の理想の状態かもしれないわ。でも今の日本じゃ、まだそういう状態は異常のうちに入るでしょ。そこまでして自分の子供ってものが、まだほしい気がしないの」

「子供は好きじゃないのか」

「あんまり……そりゃあ、可愛い子をみるのは好きよ。テレビのコマーシャルなんかに、たべてしまいたいような可愛い赤ん坊なんか出てくるでしょ。ああいうのは見るだけで、にこにこしちゃう。でも、それは花をきれいだと思ったり、猫を可愛いと思ったりと同じものよ」

「母性愛ってものが天然にあるはずじゃないのかな、女には」

「伝説じゃないこと、そういうのは。子供だって、産んでみて、育ててみなければ愛情なんてわかないんじゃないかしら、少なくともあたしは、まだおなかの何者かが、可愛いって気持はおこらないわ。あなたの子としてもよ」

耀子はもし、平岡の子としてだって同じだと、頭の中で思った。すると、本当におなかに生きはじめたかもしれない生命は、いったい二人の男のどちらのものか見当もつかなくなってしまった。

「あたし、とても可愛い子供の夢みたことがあるの、もっとも赤ん坊というほど小ちゃくなくて、三、四歳の男の子よ」

「いつだ」

耀子はいつかの朝の夢にありありと見た、色のついた美しい「夢見童子」の夢を話してきかせた。

「ああ、その話なら、ぼくも昔何かで読んだことがある」

「どっかの民話でしょう」

「でもそういう夢を見たということは、耀子の中で無意識に子供を考えているんじゃないだろうか」

「あたしも夢の覚めた瞬間、とても愉しい、いい気持の中で、ふっと、そう思ったわ。あなたに妊娠しているんじゃないかっていわれた後に見た夢だし、でもそれっきりよ。あとはさっぱりと忘れているし、とにかく病院へゆかなければと、それだけ考えてるの」

「耀子、ぼくと結婚してくれないか」

「えっ、どうして」

「家内の病気は、結局治る見込みがないんだ。この間、病院ではっきりそれを申しわたされてきた。尤も、ぼくは前からそれがわかってたんだけれど。家内の両親がぼくにすまながって、離縁して、自由にしてくれっていうんだ。そして、理想としては結婚した相手と一緒にこれまで通り一緒に住んでもらいたいけれど、それが適わないなら出ていって親類づきあいしてくれという。家内の産んだ娘に、家をつがせばいいと考えているらしい。ぼくは、その時、きみのことを一応うちあけておいた。両親は、ぼくたちの結婚をむしろ望んでいるんだ」

「………」

「耀子だって、今はいいけれど、やがて三十すぎて、このままでもいられないだろう」

耀子は佐野の声が遠い所から聞えてくるような気がしていた。今、結婚の申しこみをうけているのが自分だという気分が一向にしてこない。今日まで四年の間、一度も結婚について語らなかった佐野が、今更になって、ずるいと思われてくる。かといって、耀子がこれまでに結婚を無意識にも望んでいたとは考えられない。自分のことは棚上げにして、佐野の立場からは、何とか一言あってもよかったような気がしているだけだった。かといって、現実に、佐野からそういう話がきり出されていたら、こんなに長く佐野との仲がつづいていただろうか。

佐野も耀子も、それぞれのエゴイズムの上にたって、相手を利用していたにすぎないのではないか。平岡との新しい関係にふみ迷った時も、耀子はさほど佐野に対して裏切りの意識も罪の意識もなかったのは、互いのエゴイズムを認めあった上での黙契のうちに進行されている情事だと思ったからではないのだろうか。

恋愛ではなく、佐野とのことは情事だった。恋には責任がともなうかもしれないけれど、情事は所詮、五分五分の遊びにすぎない。

平岡との場合は、耀子があくまで情事とみなしているものを平岡は、いつのまにか恋愛にすりかえようとしているのではないだろうか。

「あたしは、だめよ」

「どうしてだ」

「どこか健康じゃないのよ。健全じゃないという方が正しいかしら。とにかく、最初の結婚の終った時、何かがあたしの中で壊れてしまったんだと思うの。あの離婚であたしの青春は葬られてしまったのよ。無理に殺されても死んだという事実は同じでしょ。もうよみがえることはないのよ。あたしにはもうまっとうな恋愛が出来ないんだと思うわ。もちろん、まっとうな新婚生活も。この年になってするなら、ごまかしの愛や結婚はいやだし」

「だってぼくたちはこんなに長い間、愛しあってきたし、うまくやって来られたじゃないか」

「本当にそう思って?」

耀子は光る目をして佐野の顔をひしとみつめた。佐野の目が伏せられた。

「あたしは、たとえばあなたの目がどの程度見えるのか今もしらないわ。さっきのように説明されたってわからないわ。あたしは見えなくなった経験がないんですもの。あなたの家や、娘さんを見たって、逢ったって、やっぱりあたしはあなたの視力程度にも理解出来ないような気がする。あなただって、あたしのことなんか何もわかっちゃいないのよ」

「相当わかってるつもりだけれど」

耀子はたった今、この自信ありげな佐野の前に、平岡との事をうちあけたい衝動を覚えた。

辛うじてそれに耐えると、

「先のことは考えないことにしてるの。万一、心細くなって結婚するとしても、それはあなた以外の人を選ぶわ」

もちろん、平岡ともちがう相手だと、耀子の心がつぶやいていた。


「ちょっと買い物してゆきたいの」

土曜日の午後、資生堂で待ちあわせた平岡に、耀子はフランス料理をおごった末、そういいだした。

お互いの社の人に逢うのをはばかって、こんな晴れがましい場所で食事を共にしたり、肩を並べて銀座を歩いたりすることはかつてないことだった。

平岡はもうそれだけで、上気するほど浮き浮きして上機嫌になっていた。

外に出ると、あわてて車道に近い位置をとり、耀子をいかにも一人で守っているというふうに胸を張って歩きだした。耀子が許せば耀子の腕をとり、口笛でも吹きかねまじい愉しそうな気分が、平岡の横顔にも、その活気ある歩調にもあふれていた。

この無邪気さを、やがて、一時にせよ、激しく傷つけることを思うと、珍しく耀子の胸にかすかな痛みが走っていく。

その気持を押えこんで、耀子はことさら陽気な表情を平岡に合わせ、

「ちょっと殿方には恥ずかしいところよ、いい？」

と首をかしげた。平岡にはじめて見せる媚態だった。

その店はせまい間口のウインドウいっぱいに、レースで飾りたてた女の下着類がかかってい た。海の色をしたブラジャーが、星座のように空中にひろがっていたり、蝶のように薄いビキ ニパンティが硝子の木の上で翅《はね》をやすめている。エメラルド色の瀑布はナイロンのネグリジェ で、草原の花はピンクのコルセット。

耀子は金文字入りの合成樹脂材のドアを肩で押して店内に入っていった。あわてて平岡が後 につづいてくる。

「ナイロンでない、木綿か、麻のネグリジェみせてちょうだい」

アイシャドウの濃い女店員が、平岡を意識しながら、取りすました表情で、硝子の陳列台の 上へ、次々セロファン袋からとりだした品物を並べていく。

「あれ、いいじゃないか」

平岡がいくらか調子の高い声をだして、ウインドウの中に滝のようにかかっている若草色の 薄いネグリジェを指す。こういう店へ女のお供で来ることに、平岡が若い女店員の手前照れて いるのが、その声の調子や、上気した顔色に窺えて、耀子は微笑ましくなった。やはりこの健 康で明るい青年は自分と別れた後には、丁度平岡にふさわしい年頃の、若い娘、たとえば、今、 目の前で、伏目になって商品を並べている女店員のような、初々しい耳を持った娘と、おだやかな平凡な家庭を営んだ方がいいのだ。おそらく、平岡はそのことに半年もすれば気づき、積極的に相手を見つけ、結婚生活に入っているだろう。

「お取りいたしましょうか」

女店員は平岡の方へではなく、耀子にむかっていった。

「いいえ、いいのよ。透けない方がいいの」

耀子は水色の衿なしのさっぱりしたブロードのものを選び、紙幣を出した。

「きみ、ちょっと、あれも、とってくれ」

平岡はとうとう女店員に、気に入りの若草色をとりださせた。胸の大きくあいたネグリジェは衿あきからたっぷりとったギャザーが流れている。袖も広くゆるやかで、その中に透ける女の裸身がいよいよ繊細に艶めいた陰影をつくるように考えられていた。

「これ、ぼくがプレゼントするよ」

平岡の、耀子だけに囁いたつもりの声が、オクターブ上っているので女店員の耳にもはっきり入ったらしい。

「御一緒にお包みしますか。別になさいますか」

と二人の顔を見比べられて、

「べつべつにしてちょうだい」

と耀子が答えた。女店員は気を利かせたつもりか、平岡の選んだ方は進物用に包み、リボンで飾った。平岡は肘で耀子のハンドバッグを押しやるようにして、ポケットから皺になった紙幣をつまみだした。

耀子は、今日買ったネグリジェを着る場所を、ちらと思い浮かべていた。

それは病院とは書かれていたけれども、医院と呼ぶ方がふさわしいような家構えであった。塀のいかめしさが並ぶ邸宅街の真中にあって、そこだけは、大谷石の低い垣の上に、金網で高く塀が編まれていた。金網に銀色の塗装がほどこされていなかったなら、まるで動物園のようだと耀子は思った。その金網から、まる見えの庭の塀ぎわに、手入れのとどいた薔薇の株が並んでいて、花時は人目をひく。入口も普通の家のようなドアで、ただ、押すと鍵がかかっていず、ブザーが中へ向って鳴り響き、正面の受付の小窓から、少女めいた看護婦の首がのぞいて出るのだった。

その病院を、耀子は半年ほど前、友人のお産の見舞いに訪れて覚えたのだった。

秋薔薇の花盛りで、最初、金網の垣根ごしに、たわわな薔薇の花群れを目に入れた時、耀子は家をまちがえたのかと思った。

佐野がこの前別れぎわに、

「病院なら、ぼくの学校時代の友人がやってる所があるから頼んでみるよ」

といったのに、耀子は、心当りがあると即座に断った。断ったとたん、その病院のたたずまいが記憶によみがえってきたのだった。入院室も、佐野と使うあの小さなホテルのような、どこか家庭じみた匂いの残るものだった。

友人が、家から遠いその病院を選んだ理由として、老院長の腕が確かで、高名な芸能人の誰彼なども、ひそかに入院するのに使っていると話したことも、記憶に刻みこまれていたようだった。

性来健康な耀子は、日常病気らしい病気にもかからず、たいていの風邪や腹痛程度は、売薬で治ってしまう。まして、婦人科の病院の門など、二十八の今まで、一度もくぐったことがなかった。

耀子が訪れた朝九時三十分には、待合室には誰も客がいなかった。

診察室から低い老院長の声と、女の患者らしい声が聞える。話の内容は聞きとれない。十分も待たされると、すぐ耀子は呼びこまれた。廊下の外に足音が聞える。診察の終った患者は、別の出口から玄関へ出られ、次の患者と顔を合さないですむ仕組らしい。診察室も、もとの応接間でも改造したらしい感じで、壁の中には、煖炉の跡がそのまま残っていた。設備のすべてが古風で、質素で、清潔に磨きこまれてあるだけに、栗色のカルテ戸棚も、院長用のデスクや回転椅子も、歳月の傷跡をそこはかとなく滲ませている。

耀子に背をむけて、デスクの上にカルテを拡げながら、耀子の姓名や生年月日を書きこむと、はじめて院長は、椅子を腰ごと廻し、耀子の方へむき直った。

「それでどうしました」

耀子が生理のとどこおりを告げると、

「妊娠の可能性はおありなんですね」

と聞いた。その時になって、耀子は医者が未婚、既婚についての質問をまだ発しなかったことに気づいた。

「ございます」

答えてしまうと、やはりこの瞬間まで、自分が相当緊張して固くなっていたのがわかった。

型ばかりに聴診器を扱った後、老院長はまた背をむけて、

「そこのカーテンの向うに脱衣籠がありますから、下ばきをとって、台へ上って下さい」

腹話術師の声のように、耀子には老院長の声が、人間の口からではない他のどこともしれぬ所から聞えてくるような感じがした。

カーテンのかげで命じられた通り、スカートの下へ手をさし入れる動作をとり、身をかがめたとたん、ふいに叫びだしたいような屈辱感が、耀子の内部につき上ってきた。花火が駈け上るような速さで、その屈辱の塊は体内の中心を一直線に走り、内臓を剪《き》り裂いていった。

黒いゴム布でおおわれた診察台に這い上る時は、もう惨めさのきわまりのように軀が堅くなった。けれども、ぬるく温められているとわかったゴム布に、むき出しの腰を下ろし触れた瞬間には、もっとおびただしい屈辱感が待ちうけていた。自分が今、耐える価値のない理不尽な拷問の前に、ひき据えられているような気がして、耀子はまだ加えられるであろう未知の凌

辱に対して、全身に鳥肌立ってきた。

この病院には、看護婦はあの受付にいた少女一人しかいないらしく、白衣の下に紺のセーターのとっくり衿をのぞかせた少女が、足音をたてず、しきりに動きまわっていた。金属の触れあう音が静かすぎる空気を冷く裂き、やがて、白い金巾の目かくし幕の向うに、院長の影がぼんやり写ってきた。

まだ朝日と呼ぶのがいかにもふさわしい瑞々しい太陽の光が、幕の向うに見える窓硝子に眩しくさしつけていた。

朝日に向って示している、ひっくりかえされた、獣のような、自分の姿の不様さに、下半身がしびれそうに恥を感じた時、足に院長の手がかかった。

「楽に、楽になさい」

あやされているような、だまされているような、院長の声が聞えた。

ふいに、すべてを平岡に告げたい衝動を感じて、耀子の足が止りかけた。

「どうかした?」

平岡も足をとめ、耀子をみ下した。

「ううん、何でもないの、ちょっと、向うの歩道をいく女の人、知ってる人かと思ったのよ」

「それ、持つよ」

平岡は、耀子の買物の紙袋も自分が受けとり、手をあげて車をとめた。当然のように、これから自分の下宿へ行くものと決めている。

耀子はちょっと迷った末、腰からタクシーの中へ入っていった。

やはり平岡にも佐野にも告げる必要のないことだと思った。

診察が終った時、耀子は、処女を失った翌朝よりも、もっと鮮かな変貌を自分がとげてしまったような気がした。山に上るにつれ、同じ下界のひとつの風景が、視点によってちがって目に映るように、耀子は、あの台に上る前の自分と、下りてからの自分とでは、世の中の事象がすっかり変って、目に映ってくるような気がした。

カルテにむかってペンを走らせていた老院長が、また回転椅子をくるっと回した。老院長の目をさけた耀子の視線が、院長の黒い万年筆を持った右手にひきつけられた。

長い細い指や、青く静脈のふくれた薄い黄色い手の甲が目に入る。人差指が、癖なのか、万年筆の軸をほとほと叩いているのを見ると、耀子は台の上で否応なく受け入れたある感触を思い出し、かっと全身が燃え上った。

「完全な御妊娠ですね。二カ月の終りです」

「……………」

「それで……お続けになりますか」

お続けになりますか——耀子はそのさりげない言葉の妙味に、あの時、あり得ない笑いがこみあげてきたものだった。

「何を思い出し笑いしているんだい」

「いえ、あなたとこの間、ことば論争したけど、やっぱり、ことばって、微妙な意味も伝えると思っていたのよ」

「たとえば、どんなだい」

「それがもう忘れちゃった」

「何だ、馬鹿らしい」

耀子は今から二日後の朝には、またあの黒いゴム布のかかった台の上に登っていくだろう。たしかに胎内に一つの生命が生きはじめていると、老院長に告げられて以来、耀子はいつのまにか、気がつくと、殊更すましているような、しんとした表情を自分がとっているのに気づいていた。

どう心を凝らしても、耀子の内部には何の気配も声も聞えない。今度の経験を通じて、耀子はますます、人間の頼りなさ、孤独が身に沁みいるようだった。

よくこれまで、子供の父は、母親だけがわかっているなどということばを聞いたけれど、そんなことが、いかに非科学的な、非論理的な感懐にすぎないかを耀子は思い識らされた。

自分の場合は、佐野と平岡のふたりだったけれど、これが万一、数人、いやもっと多くの男と交渉をほとんど同時にもたされた場合、たとえば輪姦に遇った場合なども、いったいその結果として妊った子供は、誰に、父親が判別されるのだろう。

耀子は万一、この子を産むとしたら、いったい自分は佐野か、平岡か、どちらを父としてくる子供が望ましいのだろうと、自分の心を覗きこむ目の色になっていた。

佐野との四年の歳月の、おだやかで不思議なほど波瀾のなかった、四季折々の密会の思い出が、一挙にたぐりよせられ、思いだされてくる。

成長のおそい、蕾の堅い、目だたぬ貧しい花だった自分を、佐野は丹精して、育てあげ、見事な花を開かせてくれた。

二十代の後半という、女ひとりが生きていくには危険な、最も迷いの多い季節を、佐野という、しっかりした温室の屋根や壁が、暖かく包みこみ、守ってくれたからこそ、虫にも嵐にも侵されず育つことが出来たのだ。

頭がよく、繊細で、情にも深い佐野は、情事の場でも、上品でひかえめな、理想的な情人の役を果してくれた。

耀子の心情をいたわり、耀子の健康をおもいやり、ただの一度も無理を通すようなことはしなかった。自分の家庭の不幸のぐちを訴えることもなかったし、子供の可愛さを殊更ひけらかすような無神経さもなかった。

何よりも詮索がましいふりはしたこともなく、独占的な思い上った情人気取りは見せたこともなかった。

耀子は佐野といる時間に、無言のうちに、上品な料理の選び方や、ひかえめでシックな服装のととのえ方まで教えられていたような気がする。あの佐野が、今のこの子供を産み、結婚しようとまでいうのに、何の不足があるのだろう。

佐野の先すぼまりのしなやかな指と、秀才らしいひきしまった耳を持つ子供の姿が耀子の瞼に浮かんでくる。もしかしたら、そこだけ子供っぽい左の八重歯や、背中よりの右脇腹にある小豆をおしこんだような赤いあざなど、その赤ん坊は既に細胞の中にすっかり用意しているのではないだろうか。

あるいはまた、その子は、平岡のたくましさと、向日性と、見るだけで人を思わず爽やかにする美しい横顔の持主であるかもしれない。

佐野とあれほど密接な愛をわけあっていながら、尚、平岡の生気にひきつけられてしまった自分は何なのだろう。

平岡を得てから、佐野との情事まで一種の生気を取り戻したのではなかっただろうか。特に、敏感な佐野の前で、平岡との事を気づかれまいと緊張している時の、張りつめた快楽に似た心のたかぶりを、耀子は今更のように考えてみる。

耀子は、佐野とはおよそ正反対の美点や欠点を具えた平岡との、この一年をもしみじみふりかえらずにはいられない。激しい目くるめくようなふたりの時間の想い出が、灯をふりこぼすようなまばゆさで、くるくると目の前を通りすぎていく。

平岡との時間を持つようになってから、耀子は退屈というものを、すっかり忘れてしまった。時々、つとめて逢わない日をつくり、佐野のおだやかさの中に安らぎにいったり、自分ひとりをそっと眠らせないかぎり、平岡との快楽でむさぼり費した時間の疲れは、なかなか回復してはくれなかった。

平岡は耀子の本当の経済的な豊かさを教えられてはいないから、自分の貧しさを卑下もしていない。

「三十五になったら月賦で家を建てるんだ。郊外の空気のいい所で、庭の広い、木組のがっちりした天井の高い家を建てよう。子供は三人で、男の子は一人でいい。ぼくは男兄弟ばかりで育ったから女の子がほしいんだよ。きみは、中年になるときっと肥りはじめるから、自転車を買ってあげる。それに乗って駅前まで毎日買物にいくんだよ」

寝床の中でそんな勝手に描いた未来図を話した時の平岡の、善良ないきいきした目の色を思いだす。おなかの子供が、平岡の目の美しさと、形のいい鼻筋を持つ女の子であったら、どんなに平岡を喜ばせてあげることが出来るだろう。

もしかしたら、平岡の肉体的な美しさを具え、佐野の深い智慧と情緒をかねあわせた子供が生れないだろうか。

その夜、平岡は自分の買った草色のネグリジェを耀子に着せて軽々と抱きあげ、部屋の中をぐるぐる風車のようにふりまわした。

「よして、目がまわる」

耀子が畳の上に投げだされてうずくまり、めまいをおさえると、滝のように流れていたネグリジェの襞が、部屋いっぱいに裾を開き、大輪の花の中の花芯のように耀子の姿が見えた。

透けるネグリジェをつけた耀子は、この部屋での、いつもの平岡の浴衣を着た書生っぽい姿とはちがった人間のように見えた。

平岡はそんな耀子に、いつもより更に激しく溺れこみ、帰そうとしなくなった。

耀子が手洗いから帰ってみると、平岡がいたずらっぽい目つきを必死にかくそうとしてとりすましていた。

「あら、あたしの服、どこへやったの、ハンドバッグも」

「しらない。急になくなっちゃったんだ。ぼくはしらないよ」

一間しかない部屋の押入れにも、箪笥の中にも、それはなかった。

「羽衣だね。それ着たから、羽衣を思いだしたよ」

「だから、あたしの服をかくしたのね。しようがない人、いつまでたっても子供なんだから、あたしよか二つしかちがわないんですよ。どうしてそう子供っぽいのかしら」

「だから、ねえ、ママ……」

平岡は笑いながら、耀子を押し倒すと、広いネグリジェの衿ぐりをおし下げて、わざと唇を子供のようにとがらし、乳房に吸いついた。

不思議な平安が乳房の奥から次第にわきたち、ひろがってきた。まるで音楽が近づいてくるような安らぎが耀子の全身をうるおしてくる。性愛のよびおこすあの快楽の重苦しい波長とは異なった、もっと甘痒い軽やかな快感が、耀子をゆるやかな波でゆさぶりあげてきた。

「仕様のない赤ちゃん」

そう口にして、平岡の首に手を置いたとたん、耀子はひとつのことに思いあたった。

はじめから、偶然の事故で結びつけられた平岡との情事に、ただ一度も、耀子自身は結婚を夢みたこともないくせに、ずるずると惹かれてきた魅力の根は、この平岡の無邪気な子供っぽさにすがられることにあったのではなかったか。

「あなた、お母さんのおっぱい、いくつまで吸ったの」

「ぼくは末っ子だから、六つまで吸ってやった」

「まあ、あきれた甘えん坊ね」

今夜こそ泊めることが出来たという自信から、平岡は急にはしゃぎ、勢いよく跳びおきると、洗濯屋からかえったばかりのシーツをとりだし、今敷いてあるのと取り換えようとする。

糊で板のようにくっついたシーツの両端を、ふたりで持ちあい、ぴっぴっと、はがしていく時、耀子は佐野とのホテルの、糊で固まった浴衣をはがす時の手ごたえを思いだした。

「前あきの寝巻きと、脱脂綿と、丁字帯の用意をしてきて下さい」

少女のようなあの看護婦が、顔色もかえず歌うようにいった声を思い出す。

「その日になって、気持が変ればそれでもいいんですよ。御主人ともよく御相談になって……でもとにかく、一応用意がありますから、連絡はして下さい」

それが老院長の最後のことばだった。

耀子は窓の朝日にむかって、高々と脚を押し開く自分のその時の姿勢に、目を据えるように、思い描いてみた。

佐野は、喪《うしな》ったと思い、平岡はその存在したことさえ知らないひとつの命を、人知れず弔ったことにして、自分ひとりで密かに育ててみるという方法もあったのだと思われてきた。

佐野をも、平岡をも、単なる情事の相手としか扱わないできた自分が、その曖昧な血筋の子供を、自分のエゴの証として、誰の子でもなく、産みおとし、自分ひとりでひそかに育てていってみるのも、自分のように挫折で始まった人生を歩み出した女のひとつの生き方ではなかっただろうか。

——お続けになりますか——

「続けます」

耀子は、あの垣根際の薔薇が咲き揃うこの秋、あの病院の二階の入院室の窓から首を出している、全くちがった自分を空想してみた。

離婚して以来、昏い空洞になっていた自分のうつろの中を、佐野にも平岡にも埋めつくしてもらうことの出来なかったそのうつろの中を、ようやく、芽生え、育つものが埋めてくれるかもしれないという淡い期待が生れはじめてきた。

佐野にも、平岡にも、そして自分にも似ていない子供の顔を、耀子は目の前にしっかりとたぐりよせたくなった。

祈りをこめて目をとざすと、瞼の裏にいつか見た「夢見童子」の、まるい月のような小さな顔が、ほのかな光につつまれて浮かんでくるようだった。

〔1966（昭和41）年5月「オール讀物」初出〕

紅葉疲れ

飛行機のタラップをおりかけた時、冷いものが額をかすめた。霧のような夜の時雨《しぐれ》は、目に捕えられないかすかさで、足速な貴子の動きを追ってきた。まばらな出迎人の立っている伊丹空港の待合室に近づくと、あふれでた灯がようやく虹色に雨を映しだした。髪も、コートの肩先も、霧をふきつけたようにしめっていた。

深夜に近い待合室は、到着客が右往左往しても、どこか森閑とした空気が澱み、螢光灯が陰気にめいってみえる。

今夜の飛行機は一つの空席もないほど混んでいた。東海道新幹線の最終便の出たあとの、この空便だけが、特に混むのだと、誰かが背後で話している。手荷物渡し場で、ぼんやり荷物の出てくるのを待っている貴子の背後から声がかかった。

「ひとり?」

脚本家の山岸が黒いレインコートで立っていた。

「あら、ちっとも気がつかなかったわ、今の便？」

「ぼくも、ここへ入って、はじめて気がついたよ。これだからいやさ、せまいねえ世間は」

「悪いことしない者は平気よ」

「そんなことといって、今にあらわれるんじゃないの」

「御生憎様」

「ぼくはね……デート。あんたは？」

貴子はとりあわず、コンベアベルトに乗ってあらわれた、自分のに似たトランクの方へ首をのばした。

「あっ来た。じゃ、しっけい」

山岸は、急にそわそわと立ち去った。首だけでふりかえると、

「お待ちになって？」

若い大柄な女が高い声をはりあげながら、山岸の方へかけよってくるのがみえた。女はあたりはばからず山岸に手をからみあわせていく。今にも抱きあいそうに身をよせながら、山岸がちらっと貴子の方へ目をやった。貴子は苦笑して、もうふたりの方をふりかえらず、今度こそ、自分のにちがいない荷物の方へ指をのばした。

浮気な山岸の噂は貴子もよく聞かされている。テレビプロデューサーという立場で、山岸の

脚本を、二、三度使ったことがあるだけの関係だけれど、その都度、情事の相手がちがっていた。人間臭さから逃げだしてきたつもりのこの旅の、飛行機の中から、もう山岸のような男と乗りあわせていたのかと思うと、貴子は自嘲がこみあげてくるような気がした。京都行の連絡バスの運転は、もうとうに終っていて、タクシーを拾うしかなかった。客はほとんどが大阪行らしい。旅馴れている貴子は、す速くタクシーを捕え、行先をつげた。

雨がさっきよりはげしくなっている。

ドアが閉ろうとした瞬間、二人連れの男女が、車にしがみつくように顔をよせてきた。

「あの、京都までいらっしゃるんでしょうか」女の方がのりだすようにして聞いた。「おそれいりますけど、御一緒させていただけませんでしょうか」

まごまごしている間に、みんな他の客に車を拾われてしまったらしい女の心細そうな目が、必死にしがみついてくる。よく例のある相乗りだ。貴子が承知すると、

「よかったわねえ」

女は遠慮そうに後で待っていた男の方へ弾んだ声をかけ、ふたりはそれぞれ下げていたボストンバッグから車につみこんだ。後のシートに三人並び、車が走り出すと、女は改めてくどいほど礼をいった。

結婚数年といった感じの男女だった。ふたりとも感じのいい顔立ちで、小ぎれいな、なりをしている。陽の当る団地の窓にひるがえる、しゃれた夫婦の下着類の幻影が、一瞬、貴子の目

をよぎった。

幸福の規格品のような夫婦——。

杉夫が欲しがっているのは、こういう平凡さとしあわせなのだ。貴子の胸に針で突かれたような痛みが走った。杉夫の蒼白い、何かに堪えきっているような苛立たしそうな眉をよせた表情が浮かんでくる。首の下に腕を組んで寝ころがり、いつまでも天井をみつめている杉夫、たまに揃って食事をする時も、新聞か雑誌から目を離さず、貴子に話しかけるきっかけを与えない杉夫、きみはりっぱだよ、どうせおれはぐうたらさと、ふたことめには投げだすようにいう杉夫、たぐりよせるように思い浮かべるどの杉夫の表情も、むっつりと眉間に皺を刻んできて、苛立たしい昏い気持を、自分でももてあつかいかねているといったふうだった。

ひとりの時の、ふといため息をつく癖が、思わず出そうになって、貴子はあっと気をひきしめた。

背後からきた車が、凄いスピードですれすれにこっちの車をかすめ、飛ぶように遠ざかっていく。

「ちぇっ、気違い沙汰だ」

若い運転手が舌打ちした。

「あれで、何キロぐらいでしょうか」

女が誰にともなくつぶやいた。

「百五十は出ていますよ」

運転手が答えた。

「この車は?」

「八十です。名神国道へ入ったら百二十は出しますよ。いいんですか。そっちへ入って」

「どうぞ、一刻も急いでるんです」

男がきっぱりした声でいった。さっき乗りこむ時、妻の背後から、「どうも」と一言いったきり、おし黙っていたのだ。男は云ってしまって急に気がついたように、あわてて妻の肩ごしに貴子の方へ首をのばし、

「よろしいでしょうか」

と遠慮がちに訊いてきた。貴子はうなずきながら、

「どなたか、お悪いんですか」

といってしまった。いったとたん、こういう、気の廻り方や読みの速さが、杉夫をうるさがらせているのだとまた思った。

「ほっといてくれよ」

さもさも、うるさくて堪らないというように、じれったそうに肩を振っていう杉夫のしぐさ——。

「はあ、母が危篤なんです。心臓で……」

女はたちまち、貴子のことばにとりすがってきた。

「それは……お年なんですか」

まだ五十八なのだといい、病人は夫の母で、京都は夫の郷里だなど、女は問わず語りにつづけた。

車はいつか、名神国道に入っていた。オレンジ色の灯がびっしりと、トンネルの両側に連ってきた。

「まあきれい」女は今までの沈んだ声とはちがった若々しい嘆声をあげた。

「あれから、はじめてくるんですものね」

女は今度は夫だけにむかって、ひそめきった声でいった。危篤の姑を見舞にゆく妻の声を忘れていた。

いつのまにかオレンジ色の灯は二筋の糸になって車の両側にのびている。百キロはとうに越え、速度針は百二十のあたりでびりびりふるえていた。危篤の患者を見舞うという名目が立ったので、運転手は大っ平でスピードを出しているふうであった。トンネルを出たり入ったりしながら、車は深夜の町の屋根の上を飛ぶように走りつづけた。もうさっきから、夫婦づれも、スピードに気圧されたようにひっそりと息をつめていた。貴子は窓外に目をむけているように上体を窓ぎわにおしつけたまま、ふたりに背をむけていた。

奥歯のむず痒いような気持になってくる。衝動的に飛び立ってきた短い旅の目的は、この頃の杉夫との、隠微で執拗な神経戦から逃げだすつもりであり、息づまるような仕事のスケジュールから目をそむけ、いわゆる人間臭さから一日でも二日でも解放されたいためのはずであった。山岸といい、この道づれといい、まだ目的地にたどりつかない間に、すでに人間臭さが、夜の時雨よりもべっとりと湿っぽく、自分の両肩をつつみこんできたような気がする。山岸の情事も、この道づれの不安も、自分には無縁なはずなのに、この目で眺め、この耳に聞いた以上、無関心ではあり得ない自分を感じ、貴子は重苦しい気分にひきこまれていった。

大戸をたてた家々に紅殻格子の並ぶ影絵のような京の町に入ると、雨はいつのまにか止み、不気味なほど丸い書割のような月が車窓に映っていた。いつもより二十分も早く車は京の町に入っていた。

三条木屋町で夫婦をおろすと、月を浮かべている高瀬川ぞいにわずか走り、もう、ホテルに着いていた。フロントの男は二人とも、貴子には見覚えのない顔だった。トランクを下げてくれたボーイがエレベーターの中で挨拶した。

「お久しぶりでいらっしゃいますね」

「ちょうど一年ぶりよ」

この町に来なくなった一年の月日の、どの年に比べようもなかった重さと密度が、ずしりとした手ごたえで、改めて貴子の胸によみがえってきた。

部屋は貴子の好きないつもの部屋だった。ホテルが一年前の好みを正確に覚えていてくれたことまで、かえって情緒的すぎて、今夜の貴子には重かった。それでも部屋の内部は、一年の間にすっかり改造され、壁もカーテンも真新しくなっていた。なじみのない部屋の表情がようやく貴子の神経をなだめてきた。ボーイが去っても、今更貴子は窓をあけようともしなかった。夜の川がホテルの下を流れ、川向うの家並が山際にむかってなだらかにのび上っている見馴れたその窓からの風景は、貴子の目の中にいつでもくっきりと思い描くことが出来た。

一時がとうにすぎてしまってから、貴子はやはり受話器をとっていた。京都なまりの交換手の声が、

「通じてるのですけど、どうしてもお出になりません」

と告げてきた。

「十時には帰ってるよ。羽田から電話でもかけてくれるといい」

朝出がけに杉夫がいつにないやさしさでいいのこしたことばに、やはり貴子は甘えたがっていた。そのくせ、羽田では妙に気負っていて、取りあげた赤い受話器を、杉夫の声の出る前に、置いてしまったのだ。貴子がそこにいないというだけで、神経質で眠りの浅い杉夫が、深夜のけたたましい電話のベルにも目覚めないほど、熟睡しているという事実が、おかしさと、哀憐のとけあったもの哀しい気分に貴子をひきこんでいく。杉夫が貴子の留守に、せいせいして、夜の街をまだ飲み歩いていると想像するよりも、精も根も尽きはてた寝顔をさらし、寝呆けている姿を想像する方が貴子には心の痛みになった。六年前、杉夫が胸を患って二年ばかり療養

所に入っている間に、貴子はふとしたきっかけから今の仕事にふみこんでしまったのだった。

芝居を書きたいなど思ったこともある学生時代の夢などとうに忘れはてていた貴子が、杉夫の留守の空虚を埋めるため、テレビの脚本募集の懸賞に応じた。その脚本は予選にまでしか残らなかったけれど、それがきっかけで学生時代の友人でプロデューサーになっているのに逢った。その縁で、いつのまにかテレビの世界に足をふみいれ、杉夫が療養所から帰ってきた時には、もう貴子は自分に責任のかかる番組のプロデュースをするようになっていた。自分の中にそんな可能性のあったことなど、貴子自身嘘のような想いのうち、貴子の仕事はすることみんな運好くツキがついてまわり、次第に自分の仕事が面白くてたまらなくなってきた。

帰ってきてもアフターケア中の杉夫は、まだ自分の軀をいたわって、最小限にしか仕事をしない。もといた製薬会社は、予定より長びいた入院中、仲間がみんな昇進して面白くなかった。遠洋航海の船団に薬を積みこむという今の会社に移るといいだした時、貴子は目をまるくしていった。

「へえ、そんな仕事する会社があるの?」

それだけで、積極的に賛成もしなければ反対もしなかった。要するにその頃の貴子は、杉夫の勤め先など、どうでもいいという気持だった。貴子の収入は杉夫のそれより遙かに多くなっていたし、独立して、ミュージカルのプロデュースをしてみないかという誘いのかかっている時で、貴子は自分のことでいっぱいだった。杉夫の勤めがかわり、三カ月もたったある日、貴

子は久しぶりで朝の食卓がいっしょになった杉夫に、

「そうそう、会社の電話教えてよ。昨日、とてもいいあなたむきのレインコート銀座でみつけたから、ちょっと帰りに銀座へよらないかって電話しようと思ったら、まだ聞いてなかったんだもの」

「何いってんだ。教えてあるよ」

「あら、そうお？」

「ちゃんと、これが今度の会社の新しい名刺だって、一番はじめの使いぞめを渡したじゃないか」

「そうだったっけ」

「きみは、その時、よく見もしないで、ふんといった顔で鏡台の上に置いたままだったよ」

貴子は杉夫の口調に、次第に憤懣がこもってくるのを感じておどろいた。同時に、その時のことを全然、自分が憶えていないことにいっそうおどろかされていた。それをまた、杉夫がすっかり見抜いていているくせに、今までだまっていて、ずっと根にもっていたのかと、うそ寒い気がしてくる。そんなささいなことが、つもりつもっていながら、まだ自分の仕事に夢中の貴子は、杉夫に安心しきっていた。そうした心の底には、あの療養中の二年に、自分の尽した奉仕や犠牲を思うと、つい杉夫に対しては、無意識の優越と、たいがいのことなら大目に見てもらえるという甘えがあった。

関西に月の二十日も行ききりになるような、新しい大きな仕事を持ちこまれた時、貴子はほとんど杉夫に相談もしないで決めてしまった。はじめてそれをつげた時、杉夫は、新聞から目を離さないまま、返事をしなかった。貴子がむっとして、

「ね、どうなの？　いいでしょう。ずいぶん留守になるんだけど」

と、返事をうながすと、はじめて、ばさっと、新聞を音をたててたたみ、

「いいも、悪いもないじゃないか。きみは相談してるわけじゃないだろ。結果報告なんだ。聞けばいいんだろ」

と気色ばんだ。貴子はそんな時見せる杉夫の、ぎょっとするほど冷い眼付や、意地の悪い口調も、病気以来の、杉夫の神経の歪みだと思い、なるべく気にしないようにしていた。

その杉夫から突然、別れ話を持ちだされたのは一昨年の春だった。

「きみは、強い女だよ。ぼくなんかもうとっくに必要じゃなくなってるんだ。ひとりになった方が、今よりずっと、仕事だって思う存分出来るよ」

そして、杉夫は、自分のような者でも頼りにして、ようやく生きていく支えにほしがる会社の事務員の未亡人と結婚したいといいだしたのだった。女は杉夫や貴子より、六つも年上だったし、五つの女の子まであった。

逆上した貴子は、死んでも別れないとわめきたてた。

杉夫に裏切られてみてはじめて、貴子は杉夫への自分の心の根深さも思いしらされたし、自分の心の中にかくれていた女の妬心の浅ましさや妄執の深さに愕然とさせられもした。別れな

いとがんばる自分の気持が杉夫への執着だか憎悪だかわからなくなった頃、気の小さい女が逃げるように、遠い田舎へ再婚していってしまった。

思いがけない始末で、もとのふたりにとりのこされた時は、もう骨を刻みあうような凄じい相剋の疲れで、別れる気力も失せていた。関西での仕事にも決着をつけ、それでもこの一年、貴子は、何とか杉夫との生活をとり戻そうと、努力だけはしてきたような気がする。

もう二度と、杉夫は別れ話を持ちだしたりしなくなったかわり、気がつくと、全く昔の杉夫ではない男がそこにいた。貴子は、なま身の杉夫とむきあっていながら、時々杉夫を全く見失っている想いで、身震いするような淋しさに襲われた。そんな時の杉夫は手も脚もないのっぺらぼうの石のように思われ、貴子は自分が全く杉夫から拒否されているような屈辱を感じるのだった。

「あたし、京都へ行ってくる」

昨日、突然、云いだした貴子のことばに、杉夫が珍しく、心の動いた表情をみせた。杉夫が平凡な家庭の幸福がほしいという名目であの情事をおこしたのは、貴子が関西での仕事に溺れこんでいた期間に生じたものだということをふたりとも忘れてはいなかった。杉夫の心をとりもどそうとつとめたつもりの貴子は、少くともこの一年、ふっつりと関西へ足をむけなくなっていた。

「それがいいよ。全く御無沙汰じゃないか、あっちの方面には」

杉夫は、貴子のことばに一瞬こわばった表情とは反対の、むしろいきいきした口調で、そそのかすようにいった。どう不貞腐れてみせても、今の仕事のスケジュールでは、三日と家を空けられない貴子の仕事熱心や律義さを承知しながら、杉夫は貴子の背に、

「ゆっくりしておいでよ、今頃は紅葉がさかりだろうなあ」

などといった。

目がさめると、すでに陽は高かった。カーテンをひくと、洗いあげたようなきめのこまやかな青空が、低い川向うの家並に照り輝いていた。

出かけようとするエレベーターの中で、貴子は伊藤つや子とばったり逢ってしまった。日本画家のつや子は貴子の学生時代からの友だちで、年に二、三度は訪ねあっていた。杉夫との問題がこじれぬいた時、貴子は北鎌倉のつや子の家に、一週間ほど、自分から自分を隔離してみたこともあった。妻のある師匠の愛人になったり、若い新劇の役者に入れあげたりして、友人仲間ではとかくの噂のあるつや子は、わけ知りらしく、そんな時の貴子には、ただ、だまってぐちの聞き役になってくれた。

「なあんだ。来てたの」

「昨夜よ。真夜中についたの」

「へえ……また……何かあったの」

つや子の大きな目に、ふくみのある微笑がわいた。

「ううん、何も——」

いっている間にエレベーターはロビーへ着いていた。話はそのまま、玄関の車よせへゆきながらつづいた。

「何も、おこらないっていうことが、おこってることかな。もやもやしてて、やりきれないのよ」

「え」

「ぜいたくいいなさんな。あたしの方は起っちゃったのよ」

「クビにしちゃった、あいつ」

貴子はちょっと足をとめるようにしてつや子を見た。そういえば、しばらく逢わない間につや子は耳のあたりから顎へかけて、すっとそいだようにやつれがみえる。十ちかくも年下の男と別れたには、つや子なりの悩みの波をくぐってきているのだろう。

「さばさばしちゃった」

まけおしみとは見えない、ほんとにせいせいしたような落着いたやすらかさが、やつれののこるつや子の頬にやどっている。タクシーの前で、つや子に聞かれた。

「どこへいくつもり?」

「乗ってから、きめようと思ってたの」

「じゃ、あたしについてらっしゃい」

車におさまると、つや子は持前の明るい声で、

「栂尾《とがのお》……高山寺」と行先をつげた。——紅葉が盛りだろうなあ——といった杉夫のことばが耳をかすめた。貴子は、何度もこの古都を訪れながら、まだ一度も、あの有名な三尾の紅葉というのに逢っていない。

つや子は走りだした車の中で、久しぶりに来年は個展を展くつもりだといい、その制作の用意に、みたいものがあって高山寺へ行くのだといった。それほど、仕事につや子をかりたてたものが何か、聞かないでもわかって、貴子は複雑な気持になった。別れ話でこじれてかくまってもらった自分がまだ杉夫と別れられず、あの頃あれほど落着いてみえたつや子が、すでにひとりになっている。それにしても、昨夜東京を逃げだしてからでも、どこまでこう、人間臭さがついてまわるのだろう。貴子は苦笑いしながらいった。

「ねえ、出家遁世って、ほんとにいいものかしらねえ。もう、めんどくさくって尼さんにでもなりたいや」

「まあ、だめでしょうね。まだまだ、みれんだらけでござるって、顔に書いてある」

つや子はちらっと貴子をみて、さばさばした笑い声をあげた。

「尼さんといえば、高山寺には尼経ってものがあるのよ」

高山寺の開祖の明恵《みょうえ》上人が、承久の乱の後で夫や子にとりのこされ、孤独になった戦争未亡人たちを救うため、尼寺を発願したのが、善妙寺《ぜんみょうじ》である。そこに収容された尼僧たちが、明恵

上人の死後、その冥福供養のため、華厳経を写したものだという。意外にくわしい話をしながら、

「尼さんだって、必ずしも悟れるものでもないしねえ」

とつや子が更につづけた。その声にふっと、つや子の本音ののぞいたような切実なひびきがあった。写経した尼たちの中で明達というひとりは、写経の終ったその夜、清滝川に投身した。

「へえ、その尼さん、お上人に惚れてたのね」

「ほら、すぐそういう。だから済度《さいど》され難いのよ、お前さんは」

そういいながら、つや子の話も、そのつもりなのにちがいなかった。

「明達は三十四の年から十一年も尼生活をしていたのよ。戦争の終った時、絶望して、一度身を投げて助けられ、上人に拾われたわけなの」

「だって、仏に救われてたなら、何も上人の後追うことないわ。やっぱり、それ、上人に救われてただけよ。明恵上人って、生涯童貞だったたって坊さんだったかしら」

「一生不犯の聖僧とでもいってもらいたいわね」

「同じじゃないの。でも、いい男だったの」

「自分の耳を自分で剪ってるのよ。耳無法師ともいうわ。それくらいだから、美男だという自覚が強かったんじゃないかしら、形を毀《こぼ》ちて人間を辞し、志を固うして先聖の跡を履《ふ》まんって、いってるわ。人間を辞すっていいことばじゃない？」

「人間を……辞す……ね。全くねえ」

「目をつぶるとお経が読めない、鼻をきると洟汁でお経を汚す。耳は剪っても、聞くことが出来るっていうのよ。凄いでしょ」

「マゾじゃないの、その人」

「救われないわねえ、お前さんは。面白いのよ。上人の画像をみるとね、耳を剪ったほうたいのゴッホと、そっくりなの、とても似てるのよ、顎の型や、額や目のあたり」

車は、いつのまにか京都の町を出外れ、すでに高雄の山中へわけ入っていた。見事に舗装されたバス道路の両側には次第に北山杉が目立ってくる。

「ここらの山持ちは、一本截るたんびに一本植えたして、御先祖からもろうた杉を一本もへらしはせえしまへん」

運転手が自分の山のように、すくすくのびた美しい北山杉の山林を自慢する。客を満載したふくれ上ったようなバスが上から何台も下ってきてすれちがう。

「わあ、きれい！」

道の両側は燃え上るような楓やもみじの紅葉で、急に明るくなった。澄んだ山の空気のせいか、陽光の瑞々しさのせいか、その紅の色は、目をはじかれるような鮮かさだった。

清滝川にまたがった高雄の聚落《しゅうらく》に入ると、道にも橋にも、渓川の底にも、観光客があふれている。

目のつづくかぎり、朱、赤、黄、金、緑、エメラルドとそれぞれの色に燃え上った紅葉は、赤が黄を、金が朱をより引立て、緑は、朱や黄を浮き上らせ、それぞれの色が混然ととけあい交響楽をかなでている。全山が、豪華絢爛なペルシャカーペットでおおわれているような華かさだった。

カメラをかまえたり、互いに呼びあったり、茶店で物をたべたりしている行楽の人々の顔が、それらの紅葉の照りかえしに染まり、誰もみな酔ったような眼付で騒々しくはしゃいでいる。

「どうしたの、黙りこんで」

つや子がからかうようにいった。

「ちょっとね……まさか、これほど紅葉だらけとは思わなかったの」

「紅葉だらけならいいけど、年々、人だらけになっていくわ。青葉の頃もそれは、凄い緑よ」

「その尼さん紅葉の時死んだのかしら」

「いいえ……夏。ここの青葉の頃ときたら、本当に、死にたくもなっちまう」

高雄がすぎると、車の走る周山街道から見下す紅葉の海の中に、のみこまれたような形で、槇《まきの》尾《お》の聚落の、家々の屋根が沈んでいた。

ここも人々があふれ、清滝川にかかった朱塗りの橋の上にも団体客が目白おしに並んで流れをのぞきこんでいた。

槇尾を通りすぎると、もう栂尾に入っていた。

バスの停留所の広場には、車が東京の銀座界隈ほども停車している。

車からおりると、身ぶるいするような山の冷気が、すっと首筋からすべりこんできた。軒並の小料理屋は清滝川の上に床をはりだし、そこでも人々がもう酒に酔い、騒々しい声をあげていた。

流れのほとりまで下りていって、渓流のまぎわに新聞紙をひろげ、持参の弁当をひろげている家族づれもある。

——あれも平凡な幸福な家庭の姿だろうか——

貴子は杉夫がくりかえしいった、平凡な家庭の幸福ということばを思いだしていた。人々は団体や家族づれが多く、誰もみな紅葉に酔い、一オクターブ上ずった高声で話しあっていた。至る所に人間臭さがみちみちていた。

道の片側の山の上へむかって、高山寺の参道がつづいていた。自然石の埋められた寂びた石段をたどっていくと、早散の紅葉に、思わず靴をとられそうになる。紅葉あかりとでも形容したいようなほの明るさがただよっていた。

一歩先をゆくつや子の足袋の白さが、散った紅葉に映えてすがすがしい。通い馴れた足つきで、つや子はどんどん先に立っていく。

道のつき当りに、古雅な寺の玄関がみえてきた。つや子が、刺を通すと、前もって話が通じているとみえ、すぐ小柄な美しい和服の女が出迎えた。つや子とは親しいらしく、

「お待ちしておりました。只今、お蔵から出させておりますから、ちょっとあちらでお茶でも

めし上っていて下さいまし」

といって引っこんでいった。つや子が勝手知った様子で、廊下を右へ案内していく。広い大広間に出ると、またいきなり紅葉の炎が目にとびこんでくる。三方に深い庇と、広い縁側を持ったその座敷は山にむかって広々とあけ放たれている。ちょうど、紅葉の海に浮かんだ船のへさきに坐っているような感じだった。

日本で明恵上人によってこの寺内に最初に試植されたといういわれのある抹茶が少女に運ばれてきた。

つや子の陶器のような白い顔に、紅葉が照り映っているように見える。

「今からみせてもらうものはね」

つや子が、いたずらっぽい色を目に滲ませて声をおとした。

「あなたにも満更、無縁でないものよ」

「何よ」

「善妙神像」

「え？」

「清姫の元祖のお姫さまよ」

唐の善妙という美姫が、新羅の美男僧義湘、後の元暁大師の修行中の姿を見染め、恋を知りそめる。道心堅固な義湘は姫の恋をしりぞけ通し、やがて故国へ帰る日が近づいてきた。姫も、義湘の道心にいつか感化されてゆき、今は、恋を殺し、せめて恋しい男の船出を見送りたいと思う。

姫の一行が港にかけつけた時は、義湘の船はすでに岸壁を離れ、沖合をさして進んでいた。姫は、義湘の名を呼び、身を躍らせて海中に飛びこんだ。一度波間に没した姫が再び姿をあらわした時、その姿は巨竜に変化していた。竜は義湘の船を背に軽々とのせ、新羅までつつがなく護送していったという。

「道成寺物語はこの話からとったのよ」

貴子はようやく、つや子が今度の画材に、清姫を描くつもりなのだと察した。その絵巻は、東京の博物館に出品中だが、もう一つ、明恵上人が、心の中の善妙の姿を彫らせたという像が伝わっているので、それを拝観に来たのだとつや子は話した。まもなくさっきの女があらわれ、長い廊下を渡り、新築の庫裡の二階へ二人を案内していった。

「生憎、父が留守でして……どうぞごゆっくりごらん下さいまし」

通された部屋は、十二畳ばかりの明るい書院だった。この部屋も三方山にむかって開いており、紅葉の屏風にとり囲まれているような眺めだ。部屋の異様なまでの明るさは、周囲の山の紅葉の照りかえしだろうか。

香の匂いの漂う床の間に、三十糎ばかりの神女像がひっそりと佇っている。並んでその前に手をついた時、思わず、貴子はつや子と顔をみあわせた。馥郁《ふくいく》としたなまめかしさと気品にあふれたその小さな神女の何という可憐さ。

秘仏になっていたのか、極彩色の丹青にも鮮かさが残っている。くすんだ緑の衣服の白い胸もとが豊満にもり上り、下ぶくれの豊頬に、桃の葩《はなびら》をおしあてたような蠱《こ》惑的な唇をしている。竜に化身するほどの情熱を秘めた瞳は切れ長な眦の奥にあどけなく見開かれ、無心に虚空に放たれていた。金色の箱を胸に捧げた姿勢で、頭の繊細な瓔珞《ようらく》を揺らめかせながら、可憐な神女は、今にも歩きだしそうな、なまなましさを湛えていた。

耳を截ち、人間を辞した不犯の聖の胸深く、抱きつづけられていた女人の俤《おもかげ》が、こんなにも馥郁優艶なものだったとは。

女神像から外へ移した貴子の瞳に、目路のかぎり華やぐ全山の紅葉が、いま、いっせいに燃えさかる紅蓮の炎のようにうつってきた。


〔1964（昭和39）年12月「別冊文藝春秋」初出〕

歳月

サイドテーブルに積まれた留守中の郵便物の山に、ベッドから寝たまま手をのばし、片端から差出人の名を見ていた道子は、一通の封書を裏がえしたとたん、はじめて手を止めた。俳味のある枯れた達筆に覚えはなかったけれど、差出人の安田邦夫というのは、別れた夫のただひとりの兄に当る。

今朝伊豆のロケから帰った道子は一眠りして目が覚めたばかりだった。まだ寝ぼけているのかと、もう一度封書を見直した。細長い白の平凡な封筒の差出人はたしかに義兄のものだった。なつかしさと、一種の怯えのまじった複雑な気持で、道子はあわてて爪で封筒をあけていた。

「御無沙汰しております。いつも陰ながらあなたの今日の御成功を喜んでいます。さて今日突然お手紙したくなったのは、今朝、何気なくテレビを廻したら、『作家の系譜』という番組が映り、ちょうど今日は林芙美子をやっていました。そしてその中で、彼女の処女詩集『蒼馬は見たり』の中からいくつか詩の朗読がされ、その朗読者があなただったというわけです。

あんまりなつかしく、思わず、最後まで聴きました。あなたの朗読のうまさにも愕き、感慨新たであります。

『蒼馬は見たり』については私にはささやかな思い出があります。長崎の高商時代、私はある年の夏に、汽車の中で若い美しい婦人と乗りあわせました。話してみると彼女はTといって、詩を書いているものだと名乗りました。旅のつれづれを互いに慰めあい、すっかり親しくなりました。その時の彼女の話によって、彼女が林芙美子という詩を書く友人を持ち、ふたりで詩の同人雑誌『ふたり』を発行したことを識りました。

その頃は私も、若く、文学好きの青年でしたので、詩や小説も読んでいて、その自分よりいくつか年上の美しい旅の女詩人と話を合わせることができました。

やがて、東京に帰った彼女から、便りが来るようになり、文通が始まりました。まもなく『ふたり』や、林芙美子がはじめて出した『蒼馬は見たり』という詩集を送ってもらったりしました。

東京の彼女のところへ夏休みに訪ねていったりしたこともありましたが、いつのまにか文通もとだえ、消息もわからなくなってしまいました。何れにしろ、林芙美子のように、文学での成功はしなかった人でしょう。詩を書くより美味しい料理をつくる方がふさわしく見える人でした。

もうすっかり、歳月の塵に埋もれつくしていた青春の思い出を、あなたの今朝の朗読がはからずも思いだされてくれた次第でした。かえりみれば、茫々の人生のはるかな道を互いにたどりきたったものかなと思います。映画やテレビで、元気な最近のあなたには常にお目にかかっているので、いつも安心し、陰ながら喜んでおります。圭子さんも美しく聡しく成長されています。御安心なさり、今後共、あなたの選ばれた道一筋に努力精進なさって下さい。

では、御自愛を祈ります。」

そんな文面の若々しさに、道子はまず愕かされた。いったい義兄はいくつになっているのだろう。夫と道子は十歳も年がへだたっていたし、その夫とも相当年のひらいていた義兄だったので、すでに六十近くなっているはずであった。

夫によりも、道子に優しかった舅によく似ていた義兄の顔を思いだそうとすると、舅の顔や、夫の顔が重なってきて、義兄の俤がかすんでしまう。

道子は夫と別れながら、その家族に対しては、なつかしい、いい想い出しか残っていなかった。夫が次男で、結婚してすぐ、夫の任地の大陸へ渡ったせいもあって、彼等とつきあった期間が短いせいもあったのだろう。すでに老いていた夫の両親も、ずっと故郷を出て、他国で教職につき一家をかまえていた義兄も、若い嫁に対しては、そろって優しかった。

道子が義兄と逢ったのは、前後二回にすぎない。一度めは、道子たちの結婚式に参列するため、勤務先の阪神から、妻や子供まで引きつれ、一家をあげて帰省してくれた時だった。

二度めは、道子たち夫婦が子供の圭子をつれ、大陸から引揚げて、疎開先の四国の山の中の義兄の家へ訪ねていった時だった。

二度とも、二、三日ずつ義兄の一家と暮したが、その日数を全部あわせても十日になるかならないくらいの短い縁だった。

引揚げて一年あまりの後、道子たち夫婦は思いがけない運命に足をすくわれ、別れてしまった。道子が夫の家を出た後も、正式の離婚話は長びき、長びくほど、互いに傷つけあう度が酷くなった。どういうわけか、その間、義兄は一度もその事件の中には口をさしはさまなかった。道子は何度か、義兄に自分の心中を訴えたいと思いながら、それを実行せず、夫と別れてしまった。それ以来、義兄をはじめ、夫の身内とは一度も逢うことがなかった。

夫の許に残した娘の圭子は、夫が再婚するまでの三年ばかり、義兄の家に預けられ、義兄の子たちといっしょに、老いた姑の手で育てられたこともあった。義兄は結婚運が悪く、その時もうすでに、二人の妻に六人の子供をのこされ、先だたれていた。

そんな圭子の消息を、風の便りに聞きながら、道子は弦を離れた矢のように、もう自分の意志でもどうしようもない運命の勢いに背を押され、流されつづけてしまった。

離婚後の女の暮しというものは、想像したよりもはるかに苛酷で、同時に、思いもうけなかった暢気な愉しさもあった。その日、その日のささやかな喜憂だけに溺れこみ、道子はほとんど過去を忘れきって暮していた。一人になった最初の二年ほどは、どの壁のかげ、どの町角からでも、ふいに聞えてきて、道子を立ちすくませていた別れた子供の泣声の幻聴も、いつのまにか杳《とお》いものになっていた。

同じ東京に住みながら、道子は夫とも、不思議なくらい出逢わない。後にも先にもたった一度だけ、偶然出あっただけだ。

その頃道子は、何をやっても思うようにゆかず、ほとほと女ひとりの生活に疲れきっていた。演劇で身を立てたいという目的も、実際にその世界にとびこんでみれば、それがどんなにきびしい道だったかということを、ようやく骨身にこたえて思いしらされていた。道子のように若くもさして美しくもなく、過去に何の勉強もしておらず、特異な才能らしいひらめきもなく、ただもう、それが好きだというだけの女が、地味な新劇畑にしろ、女優として身を立てたいと思うだけでも、大それた望みだったのだ。

その日も、ようやくあてがわれたちょっとやり甲斐のある役を、若い、まだつい二、三ヵ月前入団したばかりの女に理由もなくふりかえられてしまった。今度こそと勢いこんでいた出鼻をくじかれた道子の打撃は深かった。もう背をのばすのも辛いような絶望的な気持になっていた。

レインコートもなく、古びて色あせた雨傘で顔をかくすようにして、道子は新宿の人ごみの中を歩いていた。四谷の劇団の研究所からふっと飛びだしたまま、足にまかせて歩いているだけで、目的もなかった。心がうつろで、立ちどまるとうつろの中に荒れ騒ぐ木枯しのようなひびきが聞えてきそうで怖かった。

「姉ちゃん、遊ばないか」

ふいに傘の中へ体をすべりこませてきた男が、耳もとでひくくささやいた。

「え？　いいんだろう」

くたびれたレインコートの衿をたて、乱れた髪に雨滴を煙らせた男だった。苦労の滲んだ、色艶の悪い皮膚に、もう小皺が目立っている。目の中の白目がやに色に濁っていた。

道子は肘を張り、男の体を傘の外へつきだすようにして、足を早めた。男から逃れるため、さもそこが目的地だったように、急にしゃっきりした歩調でかたわらの映画館へ飛びこんでいった。

館内の暗さに身をすべりこませると、はじめてほっとして全身の緊張がゆるんだ。耳もとにまだ男のひくい声がこびりついている。

街の女にまちがえられるほど、自分の姿が見すぼらしく、物ほしそうに見えたということが新しい屈辱になって、胸をいぶしてくる。

画面の西部劇が一向に目に入って来ない。どの俳優の目も、さっきの男のように、やに色に濁った白目をしてこっちを見つめてくるような気がする。道子はつきあげてくる胸苦しさにがまん出来ず、廊下の外へ出た。

形ばかりの椅子が壁ぎわに並び、喫煙室代用になっている。このごろ覚えはじめた煙草にたどたどしい手つきで火をつけた時だった。トイレのある廊下の角から急にあらわれた男が、足早に近づいてきた。ふと顔をあげた道子と目があった。男はぎくっと立ちどまった。道子も反射的に立ち上った。別れた夫の正樹だった。正樹は口をきかず、口尻を仏像の微笑のように吊りあげ、笑おうとして顔を歪めた。めがねの奥の目尻に深い皺が刻まれた。見覚えのある表情だった。口もとが笑い、大きな目の中は泣いているように見える。

道子は自分の顔も泣き笑いの表情に歪んでいるのを感じた。

「ひとりですか」

「ええ……雨が降ってきたから」

道子はわけのわからないことをつぶやいた。

「まだ、見るの」

「いいえ、もう出ようかと思って」

「ちょっと待ってなさい」

正樹は客席へせかせかした足どりで入っていくと、すぐ出てきた。四角な風呂敷づつみをかかえている。

「お連れがいらっしゃったのではないの」

「いや、ひとりだ」

道子は命令されたような感じで、だまって先に歩く正樹の後ろからついて出た。あたたかそうなオーバーも、黒いコードバンの靴も、派手な縞目のたつズボンも、道子にはすべて見覚えのないものだった。それでもやはり、丈のわりに広い厚い背は、昔の、見馴れたものに、すぐ見えてきた。前より少しやせたように思える。

外はまた雨脚が激しくなっていた。

正樹は道子をふりかえらず、人ごみを縫うようにしてすすみ、町角のレストランへ入っていった。向かいあって坐ると、あらためて、正樹の顔に、昔にはなかった翳が滲んでいるのがわかった。正樹に自分の全身のみすぼらしさを計られているような気がして、道子は目をふせがちになった。ついさっき、町の女とまちがえられたと告げたら、正樹の顔に、どんな表情がはしるだろう。そこまで思うと、道子は自分の惨めさに居直って、ようやくまっすぐ目をあげた。

「仕事の方はどうです」

正樹の目が、今度は目尻の皺だけで笑っている。聞かなくても道子のうらぶれ方で、おおよその見当はついているけれど、外に話題もないからといった雰囲気だった。

「ええ、一向に……」

「大変なことだからな」

「でも、今更、これ以外もやれませんしね」

ふたりのことばは、馬鹿丁寧になったり、無造作になったり、調子がとれなかった。

正樹は、ウエイトレスに道子のためにはビフテキを注文し、自分は野菜サラダだけをとった。

「少し、からだが悪くて、食養生中だから」

どこが悪いのかときくのは、親しすぎるような気がして道子はだまっていた。話題がなかった。子供のことは互いにさけていた。

「おくにの皆様お変りないでしょうか」

道子は夫や子供より、もっときれいに忘れきっていた義兄や姑の顔を思いだした。すると思いがけないなつかしさがふいに胸にたぎってきた。

「母は死んだよ」

「えっ、いつ？」

「去年です」

道子はナイフとフォークを置き、両手を膝の上でねじしぼるようにして厚い肩を落した。

血の滲んだ焼肉の上に、こらえてもこらえても、ぽたぽた涙がしたたり落ちた。

「あんたのことを母は気にしていた」

「すみません」

道子は泣きやむと、ふたたびナイフに手をのばしながらいった。

「うちの父も死にました」

「そうだってね」

また話題がなくなった。レストランを出た町角で、ふたりはさりげなく別れた。道子は湿っぽい匂いをたてる人ごみにもまれていきながら、自分がふりかえらないように、正樹も今、決して後をふりかえっていないのを感じていた。

その当時が、道子のどん底だったとみえ、それからの道子は、枯株から新芽が出たようなかたちで、少しずつ枝がのび、生きかえり、新しい葉や花もつけるようになってきた。運命の法則というものは、不幸も道づれでやってくるように、幸運も一つの枝に二つの花をつけるようなかたちで訪れるものらしい。

ふとしたきっかけで役がつきだすと、かえって、道子のもう若くはなくなった年齢が物をいいだし、いくらでも役が役を呼ぶようになってきた。舞台の好評が、映画やテレビへ及び、急激に成長したテレビ界の波にのって、いつのまにか九鬼道子は、芸域の広い有能なタレントということになっていた。

婦人雑誌や週刊誌では、九鬼道子の半生が苦闘と涙にみちた女の闘いの歴史であるというふうに書きたてている。それらの記事の広告活字では、老練スターというまばゆいことばで道子の名が飾られさえする。

長い歳月には、情事で溺れかけたり、足を折りそうになったりしたことも何度かあったし、人にはいえない恥の重みで、骨のたわみそうな夜もあった。

仕事が仕事だけに、道子は別れた夫の目に、いつでも裸をつきつけているような気持だった。別れた夫にとって、別れた妻の消息ばかりか、顔や声までが、厭でも一方的に目や耳に触れてくるというのは、どんなに欝陶しいことだろう。そう思う道子の方も、いつまでたっても、別れた夫の目に、自分の姿をさらしていなければならないというのは、やはりすがすがしいものとはいえなかった。

正樹とのおかしな町のめぐりあわせからでも数えてみれば十年はすぎているのだから、義兄とはかれこれ十八年も消息がたえていたことになる。

義兄の手紙を、他の手紙と一通だけ別にしながら、道子はもう、つぎの封書に手をのばす気も失くなった。

同じ指を繰れば、道子の娘は、もうそろそろ、道子が初めて正樹と逢った年頃に達している。義兄には圭子より一つ年上の末の娘がいたけれど、三度めの妻はめとっただろうか。

離婚さわぎの時、なぜ、義兄に相談しようとしなかったのだろうと、思い至った時、道子は、二人も愛妻に先だたれた義兄に、生きていて夫婦別れの話を持ちこむ辛さに遠慮があったのだと気づいた。同時に、万一、あの時、義兄に打ちあけていれば、おそらく、道子は家を捨てられなかっただろうという強い予感があったことも思いだしてきた。

道子は義兄の最初の妻は写真でしかしらないけれど、道子が大陸にいっている間に死んだ二度めの妻は覚えている。

先妻の二人の子があることを承知で、自分からすすんで義兄の後妻になった義姉は姑と折合が悪かった。先妻の素直さが気にいっていて可愛がっていただけに、姑は早死した最初の嫁がいじらしさの余り、二度めの嫁に素直に好意がよせられなかったのだろう。

道子の結婚式に来てくれた時、義姉は四人めの子供を妊っていて、臨月まぢかのこぼれそうなおなかをしていた。

式のあと旅行に発つまで三日ほどいっしょに義兄たちと暮した間のことだった。

道子は義兄たちの滞在部屋になっている階下の表座敷へ食事をつげにいった。

襖の外から声をかけようとした時、中からもれてくる話声が耳に入ってしまった。

「だって、道子さんが若いのに食が細いんだもの、あたしひとり何杯もおかわりなんて出来やしない」

「ばかだなあ、お前は妊娠中じゃないか。腹がへるのは当り前なんだよ。誰もお前が大食だなんて思うものか」

「あなたは、男だし、この家の者だもの、平気でしょうよ。だってお姑さんの前で、箸のあげおろしも緊張している上、たべすぎやしないかと思うと咽喉に通らないいじゃないの」

「わかったよ。それじゃ、あとで買ってきてやる。何がいいんだ」

「パンでも、おすしでもいいわ。でもわからないようによ。みつかったら、よけい面倒なことになる」

「だから、食いたいだけ食えというのに」

道子は、びっくりして足音をしのばせひき下ってしまった。

食事に揃った時、義姉はいつものように二杯しか御飯をたべず、道子が箸を置くとすぐ自分も置いた。

夕食後、義兄は煙草を買ってくるといって出かけ、しばらく帰らなかった。玄関へ出むかえた時、道子は義兄のふところが異様にふくらんでいるのをみて、思わず笑いをこらえて下をむいた。義兄は道子がはにかんだものと思ったらしく、ひょいと手をのばして道子の頭を軽く叩いた。

「どうだい、やってけそうかい」

その声がたいそうあたたかく、それを聞いたとたん、道子は自分でも全く思いがけなく、ふいに涙ぐんでしまった。

「のんきにしてればいいんだ。のんきに」

義兄はみんなのいる茶の間へ顔をださず、まっすぐ表座敷へ入っていった。

翌日、道子は、式後はじめて歩いて十五分とかからない里へ息せききってかけつけた。

「早く、早く、おにぎりつくってよ。十ぐらいよ。早く」

飛んで出た母が顔色をかえた。

「おなかがすくのかい?」

「ちがうの、義姉さんの分よ。頼まれたわけじゃないけど、可哀そうだもの。早くってば、あたし、お菓子屋さんまで使いに来たついでなのよ。早くしてよ」

買物かごにしのばせたにぎりめしを、庭づたいに表座敷に投げこんでしまうと、道子はようやくほっとした。

その翌日、義兄たちは引きあげていった。発つ間ぎわ義姉が物かげで道子にくりかえし礼をいう後から、義兄がだまって道子に笑いかけた。そのつつみこむようなあたたかな笑顔をちらっとみただけで、道子はなぜかこの義兄に、夫より深く、自分がすっかり理解されているような感じがした。

新婚旅行の何日めかで、道子ははじめて夫にこの話をした。

「兄貴はサイノロ※なんだからね。死んだせんの女房も、それは可愛がったもんだよ。もともと、体の弱い女だったけれど、みんなは兄貴が可愛がりすぎて殺したなんていったものだ。今度のだって、最初はそれほど乗気でもなかったのに、結婚してしまうとあの通りさ。だからよけいお袋がいら立つんだ。でも道子はいいよ。お袋に本当に好かれてるから」

たしかに道子は自分が姑に好かれているように思った。義姉にあれほどきびしいのが不思議なようで、姑はいつでも陽気で、誰にも愛想がいい方だった。

いつか、道子がまだ婚約当時、夫の家を訪ねていくと、家に姑一人だけの時があった。姑は道子の訪れを喜び、座敷へ通さずまっすぐ台所へつれていった。まだ、道子は婚約者の家の台所まで入るような親しさはない時だった。姑はそこで、結婚式の時に使う膳などを調べているところだった。昔風の台所は暗く広く、板敷だけでも八畳くらいあった。姑はその真中にちょこんと膝と膝を折って坐りこみ、道子をまねいた。

黒い盆の上に、大ぶりな銚子がのっている。

姑は料理屋のように大きな食器押入れから、藍染の古風な盃を二つとらせた。

編集部註　※妻に甘い男性のこと。

「今ね、料理ののこりのみりんがあったから、ちょっとなめようかなと思っていたところなんだよ。まあ、おあがり」

酒をつぐようにみりんをつぎ、姑は首をすくめてみせた。年とっても手入れがいいので、つやつやして皺のない白粉気のない顔に、童女のような無邪気な笑顔がひろがった。

「あたしは本当はお酒が大好きなんだけど、おとうさんがのませてくれないんだよ」

道子は姑のまねをして、みりんを生れてはじめて酒のようにしてのみくだした。

「ね、甘くてのみいいだろ?」

姑はまた道子の盃をみたした。ふたりでそんなことをしているうちに、道子はしだいに目の中がぐらぐらまわりだし、気がついたら、姑の膝にうっぷしていた。姑はそんな道子を笑いながら、かかえあげ、茶の間で横にならせてくれた。

「おとうさんや、正樹にはないしょだよ、叱られるから」

また童女のような笑顔をみせて、念を押すように道子の手を両手ではさんだ姑と、共犯者のような親密な目まぜをして、道子はすっかり姑の方へ、心がかけよったような気持がした。

若い時分何とか小町といわれたという姑は、老年になってもやはりはりのある目もとや、とおった鼻筋に、昔の美しさの名残りを匂わせていた。そんな姑を道子の方でも好きだった。

終戦後、疎開先に訪ねて四年ぶりに逢った姑は、一まわりも二まわりも小さくなった感じで、道子を愕かせた。

それでいて、四年の間に、一まわりもちがった舅と、義姉の二人を相ついで喪っているとは見えない、明るいきびきびした物腰をもっていた。

とうもろこしの粉で電気パンを焼いたり、イースト菌の講義をしてくれたりする姑の話を聞きながら、この食料難に育ちざかりの六人の孫の食欲をまかなう姑の苦労を思って、道子は胸がふさがった。

「あれがね」

姑は死んだ義姉の話を、ふたりだけの時しはじめた。

「半年以上も寝ついたきりで、あたしに下の世話までしてもらって死んでいったんだよ。最初は、あたしの世話になりたくないってがんばっていたんだけど、病気に勝てないしね。泣く泣く、あたしの世話になったさ、でも、死ぬと覚悟がきまったらしい頃から、可哀そうなくらい素直ないい嫁になったんだよ。いまわの時には両掌を合せてあたしを何度も拝んでねえ。かあさんにこんなに世話になるなんて思いもかけなかった。申しわけもないけれど、病気になって、お世話になって、あたしはかえってよかった。自分が死病にとりつかれて、かあさんという人がよくわかったし、有難いなつかしい人だと思って死ねますって、はっきり挨拶してねえ……そういわれると、あたしも小さな子どもたちをのこして死んでゆくあれの胸のうちを思うとせつなかった。もっと早くよくわかりあっておけばよかったにと後悔したよ。あたしの方も、あれにははじめから、ねじくれて見ていたからね、可哀そうなことをしましたよ」

それから、急に、もう持ち前の明るい声にもどり、

「あんた、邦夫の嫁の候補者を、見ておいておくれ」

と、膝をのりだした。義兄の勤めている学校に、夫を戦死させ、二人の子をかかえた戦争未亡人の家事の教師がいる。やさしくて、気のつく女で、よく義兄のつくろいものや、子供の下着をつくってくれたりする。週に一度は、手づくりのおやつをつくって、自分の子供にもたせてくる。向うにその気のあるのはわかっているけれど、どういうものか今度は義兄が乗気にならないといい、

「あんた、それとなくみておいておくれ。そして、邦夫に、かあさんが可哀そうだから、もらってやりとすすめておくれでないかね。いえ、あたしゃ、まだまだ、孫の世話くらいしてやれるよ。でも二人も女房に先だたれたあの子が、可哀そうでならないじゃないか」

と、ことばをつづけるのだった。姑にせかされ、道子は同じ町内に住んでいるその教師のところへ、挨拶に出かけたりした。見るからに気立てのよさそうなやさしい女だったが、いかにもひ弱そうな細い首をしていた。色がぬけるように白い。眉も髪も茶色っぽく、それがいっそう女の弱々しい感じを強めていた。

二人の妻に先だたれた義兄が、その女との結婚に、気がすすまないことがわかるような気がした。

義兄の十八年ぶりの不意の手紙は、道子に過去のさまざまな場面を思いださせてきた。それらはあとからあとから、数珠つなぎになって、記憶の底からひきずり出され、急にあたった日の光にいかにもまぶしそうに身をすくめた感じで、おずおず道子をみつめてくる。そんなことがこんなに長い間、心の底のどのひきだしの中に身をすくませていたかと、不思議に思われるような、小さな出来事や、微妙な短い会話や、意味の深い目まぜが、ありありとよみがえってくるのだった。

それらを思いだすことが恐ろしく、後めたく、強いてそれらの思い出から目をそむけ通してきた道子を、責めるように、それらの過去は、十八年の歳月の長さにも一向に色褪せぬ鮮明さで、道子の周囲に立ちふさがり、たちまちその中に道子をおしこめてしまった。

今、東京についたけれど、今日これから訪ねていってもいいかという電話が、突然義兄から、かかってきたのは、十八年ぶりの手紙をもらって、三月ほどたった後だった。

「どうぞ、どうぞ」

と、女優らしくない、不用意な、甲高い声で道子は答えていた。

あの手紙に、道子の方からも書き難い久濶の手紙は出してあった。その末尾に、上京の時はたちよってくれと、儀礼的にではなく書いておいたけれど、その機会がこんなに早く来ようとは思っていなかった。

あれ以来、道子は時々、撮影所で時間待ちしている時とか、深夜、疲れて帰って風呂につかっている時とか、前後左右をはさまれて立往生したタクシーの中などで、いきなり過去の中へひきこまれている自分を見出すことが多くなっていた。

すると、その日その日の、暮しに追われ、スケジュールにめまぐるしく追いたてられ、日曜も祭日も、夜も昼もないようなあわただしい日を送っているこのごろ、道子は過去はおろか、現在そのものさえとうに見失っていた自分に気づきもするのだった。

義兄が訪れるまでの三十分ほどの間、道子は、まるで、旧い恋人にでも訪ねられるような、そわそわした落着きのなさの中ですごした。

義兄は、すべての来客のように無造作にベルの音をひびかせて訪れた。

猫背が前より目だったくらいで、昔のままの柔和な笑顔をして入ってきた。

明るいアパートの部屋や、窓から見下す東京の街にまず目をやり、ようやく道子とむきあってから、

「かわらないねえ」

と、笑った。そのとたん、目尻にあつまった皺と、唇の型に、道子は別れた夫と、舅の顔を同時に見出した。そういえば、さっきから町を見下していた義兄の後姿は、舅そっくりだったし、物をいう前に、相手の目に笑いかける時の表情は、夫そっくりなのにも気づいた。

「今日はこれから、昔の教え子たちが同窓会をひらいてくれるというんでね。ついそこの××

亭に行くことになっている。それであゝ、あそこはあんたのアパートに近いと思うと、急に訪ねてみたくなった。たぶん、いそがしくていやしないだろうと思ったのに、運がよかったな」

道子は始終にこにこばかりして、ただ義兄のことばに短い応答をかえしていた。

義兄は十年前また三人めの妻をめとったといい、最初の子供に孫が生れていることなどいった。ちょっと、いいよどむ翳のある表情が義兄の顔をかすめた。

「うちはどうやら、嫁運のない家系らしいな。息子の嫁もね、子供を産むとすぐなくなってしまった。今、それで孫はわたしが引きとって育てているんだよ」

「まあ、それは……」

複雑な気持で道子も翳のある表情になって声がしめった。

「ばあさんが生きていたら、やれやれというだろうなあ」

「おかあさんには特に申しわけなくっておわびのしようもないと思ってます」

「ばあさんは、あんたが好きだったんだよ。正樹もあんたのことはくわしいことはいわず、ただ、圭子を預ってくれとだけいってきた。わたしたちも妙な兄弟だが、あんたたちの離婚については一切、話も聞きもしなかった。何しろ大人どうしのことだし、わたしもばあさんも、あんたをどこかで信用していたし……」

道子の全身から冷たい汗がふきあげてきた。目の中がくらむような恥ずかしさにおそわれた。自分の離婚に、信用されるような確かなものがあったわけではない。熱風のような恋に襲われ、前後の見境もなく家を飛びだしたにすぎない。

その後の苦労で、罰は十分うけていたように思っていた道子は、そんななまやさしさで自分の軽率な過誤が許されるものでないと思いしらされた。あくまで人の好い義兄の、歳月の塵にも一向に曇らされていない昔ながらの信頼と親愛が、これまで受けた様々な世間の非難の目やことばよりも、痛い針になって心の芯にささるのをひりひり感じていた。

「ばあさんが生きていて、今ごろ、あんたのテレビでもみたら、どんなに喜ぶかと思ってね。それだけが残念といえば残念だな」

義兄の口調がすっかり、道子がはじめて逢った頃の舅の口調になっていた。

「あんた、忙しいんだろう。わたしも時間だ。しかし、逢えてよかったな。ま、生きてさえいたら、いつかは会える」

義兄は、あっさり立ち上った。立ち上ってから内ポケットから封筒につつんだものを出し、卓の上に置いた。

「圭子さんの写真だ。今年の夏からフランスに行っている。ピアノの素質がすばらしいんだそうだ。やっぱり、あんたの子かな。これは羽田を発つ日の写真だよ。……今日来たこと、正樹には話してない」

道子は何といって義兄を送りだしたか覚えてなかった。

心の奥底で、最も怖れつづけてきた瞬間が、ついに来た。目の前にある白い封筒を見つめながら、この中の一葉の写真を、舞台の自分なら、どういう演技でとりあげるだろうかと立ちすくんだ。

〔1965（昭和40）年1月「小説新潮」初出〕

旧友

ふいに上半身をねじるように横倒しにして、房子が背と右手を一杯にのばし、電気炬燵の赤い停止のスイッチを押した。黄と赤の上下染めわけになっているそのソケットは、向いあって炬燵を挾んでいる加寿子の、こげ茶のツイードのスカートのすぐ横にあった。

「あら、云ってくれればいいのに」

房子の手許に顔をむけた加寿子の右手の煙草から、その拍子に白い灰が二糎ばかりふっと、デコラの置板の上に落ちる。灰はさっきから延びるにつれてじわじわうつむきこんでいき、僅かの刺激を待ちかねていたように見えた。朱い置板の表面に、まるでナイフで剪り落したように、白い灰はゆるく彎曲した型を崩さずそっくり落ちていた。灰の長さは、加寿子が房子に口をさしはさませなかった時間を刻んでいた。

真上の天井から下った螢光燈が艶のある置板にまるい輪を写している。落ちた灰は加寿子の二本の指先につままれ、かえってあたりに飛びちった。反射的にうつむきこみ、唇をまるめてから、加寿子はここが綺麗好きの房子の部屋だったのをようやく思いだしたように、首を起こして、急須の載った盆の中の台拭きへ左手をのばした。

「ふえたのね煙草、何本くらい？」

「どうかすると三箱もよ」

「顔荒れない？」

「さあ、どうせよくはないでしょうよ」

房子は、のばした軀をそのままずらせ、片腕を折り曲げて枕に敷いた。炬燵ぶとんの中で曲げていた脚をのばす拍子に、加寿子の膝に脹脛《ふくらはぎ》が触った。房子がひっこめるより速く、加寿子の脚がさっとひいた。そのす速さに、房子は思わず加寿子の顔を見直した。斜下から仰ぐと加寿子の顔は赫く、耳までぼってりとゆであげたようにみえる。小鼻は開ききって脂じみている。正面から見ると気づかない顎の下の肉が、詰め物をしたようにふくらみ、二重顎にくっきり線が入っている。小さいのに喋る時は大きく見える目がきらきら光っていた。

横になったせいか、急に全身に酔いが廻るようだった。さっきからウイスキイをなめていたのは房子だけで、アルコールに弱い加寿子は専ら煙草をひっきりなしにとりかえていた。

加寿子の上気しているのは、炬燵のせいよりも自分の話の酔いの為のようだった。

加寿子は誰にでも陽気でお喋りだという印象を与えた。初対面の人と、旧知のように口を利くのが特技のようだった。人見知りしないということは、無神経の証拠ですってと、加寿子は他人事のようにいう。加寿子とおよそ正反対の性格の房子が、こんなにも長く加寿子と親友づきあいして来られたのが、考えてみれば不思議なことでもあった。

ふたりはもう、互いに忘れるほど長くつきあっていた。十年に余るその歳月の中には、ほとんど顔を合わさず、声も聞かなかったという年も一、二年はまじっていたけれど、おおむね、どちらからともなく連絡をとっては、互いの消息をたしかめあっていた。同郷でも同窓でもない女ふたりが、これほど長く、これほど親密な友情を保ちつづけられたのは、どっちの力があずかって大きいのか房子にもわからない。

「でも、ね、そうでしょう。あなたはどう思って？　あたしのいってることまちがってる？」

加寿子は今夜、この部屋に入って以来、もうすでに何度も繰りかえしているその同じことばを、もう一度口にした。この文句は、加寿子の会話の中では合の手のようなもので、

「その通りよ、あなたのいうのはともかく筋が通ってるわ」

房子がそう相槌をうたないかぎり、加寿子の話題は一つところでいつまでも堂々めぐりをする。

「すぱっと別れられたらね」

「いつもそういってるわ」

「あなたも弘田と同じように思ってるのね、どうせあたしの方が別れられないって。そうでしょう。でも、ほんとはね、もう平気なのよ。本当よ。弘田はあたしが別れられないとたかをくくっ

てるのよ。それだから、あたしに対して何をしてもいいと思ってるんだわ。どんなわがままも、許されると思ってるのよ、思い上りも甚しいわ」

「煙草、さかさまよ」

加寿子は濡らしてしまった火口を指でむしりとって、黄色い吸口をせっかちにくわえこんだ。

自然に房子の瞼が重くなる。目をとじるとそのまま眠ってしまいそうな感じがして、房子は天井に近い鴨居の上の電池時計に目をやった。10の数字の所で、二本の針がほとんど重なりあっている。加寿子の「話」を聞かされだして三時間余りが経っていた。加寿子がもし煙草を喫まなければ、その間も喋りつづけるだろうか。房子は加寿子の煙草が何時頃から始まったのか思いだそうとしたが思いだせない。加寿子のことなら何もかも識っているつもりなのに、こんなことひとつ正確に覚えていないのが不思議なほどだった。すると急に自分の目の前で三時間も喋りつづけている加寿子が、まるで自分のこれまで識りつくしているつもりの加寿子と別人のような感じがしてきた。こんな角度から加寿子の顔を眺めたことがなかったせいなのかもしれない。左耳の下の頭よりに小豆大のケロイドが光っている。おできか、火傷の跡らしい。そんな傷も房子は今夜はじめて発見した。

「あたしは生活の九割は譲歩しているわ。あたしの店は不景気と関係ないのよ。一つ町内に薬屋が一軒なんて珍しいんだもの。弘田には一緒になって以来、暮しの心配なんかさせたことないでしょ。弘田のサラリーなんかあの人の呑み代にも足りやしないのよ」

「そうでしょうね」

「浮気だって大目に見逃してやったわ」

「大目とはいえなかったけどね」

弘田とバーの女との間が露見した時、加寿子は三日ほど房子の部屋に転がりこんだ。その時の加寿子は朝食の時、ふと房子が気がつくと、納豆を一粒一粒箸でつまみあげて口に運びつづけていた。目はうつろで房子が声をかけるまで自分のしていることに気がつかなかった。また夜は、週刊誌に出ていた十円玉占いというのを見つけて、房子と並べた寝床の中でひとり始めた。六枚の十円銅貨をつかって裏表に出る銅貨の数で易を立てる方法だった。ちゃらちゃりんという銅貨の音を枕許に聞きながらつい眠りこんでしまった房子が、翌朝目を覚ましたのも、やはりその銅貨の音でだった。

「またやってるの」

「ううん、まだやってるのよ」

「え」

「昨夜眠らなかったの、やる度、ちがう卦が出るんだもの、どれも当ってるような気もするし、どれも当ってないような気もするし、ほら」

合わせた掌の中にはさみこんでいた銅貨を、加寿子はばらりと房子の枕許に落した。

加寿子の瞼は一晩でくぼみ、唇は白く乾き上ってひび割れていた。

「あの時はね……でも結局許したじゃないの。あたしは無理な注文してるわけじゃないのよ。たとえばね、バレーボールをこっちが全身で力いっぱい投げるとするでしょ。それをあの人は小指でポイとはじきかえすのよ。すべてがそういう感じなのよ」

「あなたは何だって全力投球なんだから」

「そうなの、それを弘田だって知ってるはずでしょ。そもそもが、そういうあたしを好きになったくせに、それを今になってはぐらかしてばっかりなんて。冷淡というより残酷なのよ。要するに利己主義だわ」

「男ってみんなそうよ。話しあわないの」

「話しあうって？　弘田はあたしのようにことばを信じられないっていうのよ。お酒とりましょうか」

「いえ結構、お水がほしいわ」

「あたしはことばには命があるっていうのよ。ね、そうでしょう。ことばには呪術のような作用がありますよ、ね。嘘にもせよ、愛してるって繰りかえすと、ことばの命が作用して愛が生れるのよ。まちがってる？　あたしのいってること」

「いえ、その通りよ。あたしもそう思うわ」

「ことばが面倒なら、人間には軀や態度で語るって方法もあるでしょ。それさえしないのよ、この頃の弘田は」

「あれはどうなってるの」

「お話にならないわ」

「でも……」

「一カ月に一度あればいい方よ。識ってるでしょ、あたしはいたって健康なのよ。ええ、どこもかしこもっていう意味だわ」

「そりゃあ、ひどいわね、ちょっと」

「ひどすぎるわよ。それだって、ほんとにおざなりよ。まるでお義理よ」

「いつ頃からなの」

「前はこうじゃなかったわ。そりゃあ、あたしの男たちの中じゃ生来一番弱かったにしろ……あたしが精神的だっていうのはわかってるでしょ」

「そうよ。あなたは精神的よ」

「あたしはこう思ってるの、女は、愛さえあれば、体質や快楽の嗜好まで相手の男次第に合わせられるし、自在に変化させられるんだわ」

「なるほど」

時々突然、文学的な表現を加寿子が会話にさしはさむ癖があるのは、過去の男のひとりの影響の名残りだった。

加寿子はこめかみに左手の指を突っこみ、右手は肘をついたまま、煙草を口から放して目を細め、下唇を突きだして煙をはきだした。

その表情と、その姿勢が、房子にひとりの男の煙草を喫う時の姿勢をなまなましく思いださせた。加寿子の今の姿態と表情に色気を感じたように、房子はかつて、その男のそういう姿かららそそられるものがあったのを思いだした。矢部は加寿子がどの男よりも一番長く暮した相手だった。

話すことが好きで、話すことの中でも自分について語ることの一とう好きな加寿子は、どの男にも秘密を持つことが苦手だった。まして房子にはおよそ隠しごとが出来なかった。

房子がはじめて勤めた小さな出版社で、階段からふみ外して足首を捻挫し、こじらせて五日ほど休んだことがあった。どうにか歩けるようになって会社へ出た時、房子の隣りの机を見馴れない女が占めていた。房子の休んでいる間に入社した加寿子だった。その日、もうすでに加寿子は房子に自分の秘密の一つをあけ渡していた。会社の履歴書には独身としてあるけれど実は結婚しており、夫とはすでに別居中で、目下離婚の調停裁判中だということだった。翌日になると房子は、加寿子の現在の愛人の話を聞かされていた。それ以来、房子は否応なく加寿子の人生と密接なつきあいをはじめることになった。加寿子の恋人が代る度、多かれ少かれ、必ずおこる悶着のすべてを詳細に聞かされる。感情の振幅の激しい加寿子の人一倍強烈な歓びにも悲しみにもつきあわされているうちに、房子は、加寿子の恋人の性格や癖や軀や、生理までも熟知するようになってしまう。加寿子の話には限度がないので、最初はとまどい、聞くことをためらいもし、迷惑にも感じた房子の神経の方も馴れてしまった。

房子自身が、会社が退けて、翌日ふたりが顔を合すまでの間の加寿子のした経験のすべてを、聞かないでは落ち着かなくなった。自分の、単調で平凡な、色も匂いもない生活の外に、加寿子の激しい、いつでも燃え上っている生活の経験が加わって、房子はこれまで通り、ひとりでひっそりと口をつぐんでいる時も、一種の和んだ表情をとっていることには気づかなかった。

ふたりの勤め先はやがてつぶれた。仕事ではベテランになっていた房子はすぐ誘われ、かえって今までより大きな出版社に勤めるようになった。加寿子はたまたま、長びいていた離婚がようやく解決した矢先だったのと、父が脳溢血で倒れたので、両親の家へ帰り、家業の薬局を手伝うようになった。

房子は新しい職場ではじめて恋を得たが、とても加寿子のように人に恋人の言動のすべてを話す気にはなれなかった。房子は前よりむしろ一層用心深くなり、排他的になり、自分だけの幸福を守るのに精一杯だった。ふと気がつくと、房子は自分の恋人を誰かに比較している。恋人の優しさ、たくましさ、体格や生理まで、まるで昔の恋人に比べるように点検している。それは房子にとっては生れてはじめて得た恋だったから、比べる規準もないはずだったのだ。加寿子の恋の相手や別れた夫が、房子の恋人を計る物さしになっているのだと気づいた時ほど、房子は加寿子を身近に感じたことはなかった。加寿子の打ちあけ話のすべてが、はじめて生彩を持って輝き、どんな微細な点までも、もう一度房子の記憶の中でよみがえってきた。

房子の恋人は房子の他にも女を囲っていて、房子は結果的には不本意で惨めな捨てられ方をした。男と同じ職場にいられないほど、その打撃は房子にこたえた。房子はずっと不利な職場に変り、かたつむりのように自分の心を殻の中にとじこめてしまった。

加寿子とは相変らずつきあっていたけれど、とうとう加寿子に自分の恋の始めも終りもつげることはなかった。ふたりで逢うと、加寿子の聞き役という房子の立場は、役者と地方の舞台の位置のように厳然と決っていて、動くことはなかったのだ。

房子がソケットにまた指をあてた。今度の姿勢では、手をのばす必要もなかった。スイッチの入った小さなきっぱりした音の響きに、夜の深さが見直された。

時計はあれからまた一時間すぎている。

加寿子は帰らないつもりなのかもしれなかった。酔いがこもった人間のように、一滴ものまない加寿子の目がいっそう坐ってきている。

「寒くなったの？　呑む？」

加寿子が目を和らげて房子に訊いた。

「うん、醒めてきたのよ」

コップに注いでくれたウイスキイを寝たまま受けとりながら、房子が何気なくいった。

「矢部さんとの頃、あなた煙草喫ってたかしら」

「矢部との終りの方に始めたのよ。あっちの奥さんが騒ぎだして、こんがらがってごたごたしてきてからよ。あの人が帰っていくと、もうこれっきり来ないのじゃないかと不安になって、何も手につかなかった時期があったでしょ」

「覚えてるわ。毎日のようにあたしが呼びだされたから」

「あの頃、矢部の帰ったあとの灰皿に、山のように吸殻があるの。それをあたしいつか、いきなり一本とってむしゃくしゃ嚙んでみたのよ。なぜそうしたのかわからないわ。口いっぱいにちゃにちゃ煙草の屑がくっついて、なかなかとれなかった。でも苦いその味がそれほど厭でなかったのよ。その次矢部が来た時、あたしはもう煙草を喫っていたわ。あなたお水は？」

「この上にウイスキイつぎたして、お湯いれてよ。酔いが醒めて寒いわ」

「炬燵もっと強くしたら」

「あたしのお酒もあの頃覚えたんだわ」

「そうよ。あたし覚えてる。ほら、辻堂へいってもらった時の晩のこと。新宿でがたがた震えながら、ラーメン屋にとびこんで、あなたすぐコップ酒もらったわ」

「あんな寒い想いは後にも先にもあれっきりだわ」

「帰りの電車の中であなた、がたがた震えだした」

「あなただって羽をむしりとられた雛みたいな顔してたわよ。電車の中は二人の外に学生と、酔っぱらったお爺さんがひとりいたっきりだった。覚えてる？　あたしたちの歯の鳴る音が聞えるのよ」

「よく覚えてるのね、あたしは忘れっぽいから。十二月だったわね」

「いいえ二月よ、第三土曜日よ。矢部さんの家の塀ごしに夜目にも梅がまっ白に咲いてたじゃないの」

「ああ、そうだったわね」

「みんな忘れてるのね」

「あたし、昔のことは出来るだけ忘れるのよ。努めないだって、ほんとにけろりと忘れてしまうの。だって今のことに夢中になってると、昔のことをしまっとく場所がなくなるのよ、頭の中に」

房子は珍しく高い笑い声をあげて、また湯気で曇ったコップを口に運んだ。

「みぞれが降ってたのは覚えてるでしょ」

「そりゃ忘れないわよ。夕方から降りだしたのよ。ほんとに寒かったわ。骨の芯まで凍えたじゃないの」

「あなたが丸ビルの会社へいきなりやってきたのよ。ひけ時だったわ。東京駅の中央線のプラットホームで、長い間立ち話したのよ」

「そうだったかしら」

「頼りない人ね。矢部さんが五日も来ないし音沙汰ないから、死んでるような気がするって騒ぎだしたのよ」

「そう思ったのよ。あの時は、本気で」

「あのプラットホームで、あなたあたしに何ていったか覚えてる？」

「………」

「行かせてって、いったのよ。あんまりあわてて来て、あなた財布を忘れて来たのよ。辻堂までのキップ代もなかった」

「あ、思いだしたわ。駅にいったらハンドバッグに五十円玉が一つしか入ってなかったのよ。それで丸ビルのあなたの会社までたどりついたのよ」

「お金渡して電車にのせようとしたら、あんまり心細そうだったから、ついいっしょにいきましょうか、ってあたしがいった」

「嬉しかったわ。だって、矢部の家へも辻堂へも行ったことなかったんですもの。それに本当に矢部は死んでるって思いこんでたの」

「辻堂に着いたらもう真暗だったわ、八時をすぎてたのね」

房子は空になったコップを置板の上にこつんと音をたてて置いた。軀を起すと加寿子と真向きになって坐り直し、自分でウイスキイの瓶をひきよせて、とくとくと注ぎこんだ。

「ずいぶんのむのね」

「これくらいからは同じなのよ」

「いつのまにそんなに強くなったのかしら」

「あなたの煙草と同じような経過じゃない？　きっと」

「軀に悪くないのかしら」

「パトロール中のお巡りさんにつかまったじゃないの。あの時、あんまりうろうろ同じところをうろついて三度も逢ったからよ」

「そうそう、その時まで、お巡りさんにあの人の家を訊いてみるってこと、ふたりとも思いつかなかったのよ」

「あなたったら、暗闇の中から男があらわれる度、あっ矢部だって叫ぶのよ。気違い沙汰だったわね」

加寿子が曖昧な顔をして笑った。房子の記憶のいいのに圧倒されて、房子の甘い恋物語でも聞かされているような気分らしい。

房子にはあの夜の氷雨の冷たさや、靴音を吸いこむ濡れた砂道や、行けども行けどもあらわれる似たような建仁寺垣《けんにんじがき》と、せまい迷路のような曲りくねった道が思いだされてきた。どの家も門深く戸を閉ざし、軒燈もろくについていない海辺の町の雨の道は、人通りもと絶えていた。夕食もぬいているふたりは次第に空腹と寒さと心細さで、口をきくのも厭になっていた。それでも加寿子は矢部の家を探すのを止めようとはいいださない。房子も今更、加寿子の想いを果させてやらないで引き返す気持にもなれなかった。朝まででも加寿子につきあってやろうと心を決めていた。とはいっても、自分ではもう加寿子といっしょになって、矢部の家を探す気持はすっかり萎えていた。

熱心に一々、マッチをすって、門標をたしかめている加寿子の後から、機械的に尾いていきながら、房子はその頃もう破局に直面していた自分の恋ばかり見つめていた。追えば追うほど、男は女に厭気がさすというお定りの恋の末期の症状を呈していて、房子はもう何度となく泥道に足蹴にされた家畜のような惨めな想いを厭というほど味わわされていた。最後に残された切れっぱしのような自尊心だけで、どうにか自分の日常を機械的に保っているという状態だった。

加寿子のように自分の気持をあからさまにさらけだして、その日の想いはその日のうちに撒きちらして生きていけたらどんなにせいせいするだろうと思いながら、房子は熱情が高まるほど、自分に臆病になってぎごちなく身がすくむのだった。我を忘れる自分に自信がなかったし、取り乱す自分にも自信がなかった。せめては物わかりのいい女というイメージだけでも、最後に男の中に刻みつけておきたかった。

加寿子や矢部の妻のように、自分の感情をあふれださせて生きていけたら、どんなに楽だろうかと羨みながら、房子は決して男にも加寿子にも、自分の本心の惨めさを告げる日はないだろうと考えていた。

「ここらしいわ」

五米ほど先の路地の奥から、押えた、けれども弾んだ加寿子の声が闇を縫ってきた。加寿子の掌の中でぽっとマッチの火がともった瞬間、

「どこをお探しになってるんです」

いきなり背後から声をかけられて、房子はぎくっと肩が上った。

黒っぽいオーバーを着ているため、とっさに房子の目には女の顔だけが宙に浮いて見えた。高いはりのある声だったと思った。

「どなたのおうち探していらっしゃるんですか」

女はてきぱきした口調でたたみかけてきた。

どうしてそういう連想にとっさに房子が捕えられたのかわからない。矢部の妻が、昔はオペラの歌手になりたがっていたという話を、加寿子から聞いていたのが意識の底から浮びでてきたのだろうか。女の声の美しさからの連想だったのかもしれない。房子は女を矢部の妻だと決めてしまった。せまい路地の口に立ちふさがり、奥で泥棒のように怪しい動作をしている加寿子を、一瞬でも女の目からかばうように房子は肩を張るような想いだった。

「あの……樹下さんというお宅を」

口にしたとたん、こういう時、とっさに浮ぶ姓が自分の男のものなのに、房子にはおかしいと思う余裕がもどってきた。

「きのしたさん？　さあ、聞きませんねえ……何番地ですか」

女は親切な性分らしい。その間も房子は背後に全神経を集めて、加寿子に事態をのみこませようと思っていた。わざと声を高くして、樹下という姓と、でたらめの番地をはっきりと声に出した。

「あ、その番地ならもっとずっと海岸よりですわ、この先の広い通りを右へ真直ぐいらっしゃったあたりです」

房子が丁寧に礼をのべると、女は房子の横をすりぬけるようにして路地の奥へ入っていった。ふたたび全身が冷たくなって、房子は恐る恐るふりかえってみた。女が古風な木戸を押しあけ中へ入った。房子はその場に坐りこみたいような疲れがふきだしてきた。加寿子はどこに消えたのか、闇に馴れた目にも人影は捕えられなかった。

「あの時あなたがあらわれるまで、あたしは三十分も待たされたような気がしたわ」

「そうそう、あなたもあたしも、あの女をてっきり矢部の奥さんと思いこんだのだったわね。あれは同居人でたしか遠縁のオールドミスだったのね」

「あなたったら、垣根の破れから夢中で矢部さんの庭にもぐりこんでしまったなんて」

「だって、路地の口は一つだし、逃げ路はないのよ。絶体絶命で、他の事なんか考えられなかったわ」

「ふわっと幽霊みたいに路地の奥から出て来て、いきなりいうことが、生きてたわ、あの人っていうんだもの」

「庭へしのびこんだら、目の前に縁側がせまっていたのよ。雨戸がしまっていて、節穴から光がさしていた。じっと八手《やつで》のかげにしゃがんでいたら、矢部の咳が聞えたのよ。ほらね、覚えてるでしょ。あの咳、まちがえっこないわ」

「ぐふっ、ぐふっ、ぐふって、こう」

房子は咳といっしょに、矢部の咳く時の眉をよせた表情までつけたした。

酔いがふたたびもどって来て、気分が軽く、背骨のあたりが暖かくぬるま湯につかっているような感じになった。

さっきから、はずみのついたひとつの感情が、しきりに胸から咽喉のあたりを往来している。房子は両肘をついて、両掌を重ねあわせた上に自分の顎をのせ、加寿子の顔を正面から見つめた。正面から見る加寿子の顔は、もう十何年来見馴れたハート型の、小さな顔で、眉が細くなったのと、瞼の下がたるんできたのに年齢は滲んでいても、矢部の家へ夢中で訪ねていった頃の加寿子と大して変っているとも見えない。矢部のセックスも弘田のセックスも、房子はまるで自分が経験したように思い浮かべられるのを感じた。もしかしたら、樹下とつづいた時分、最も比較の対象にしていたのが矢部だったのではなかっただろうか。

「泊めてもらっていい？」

加寿子が壁の時計を見上げて訊いた。

「電話しておく？」

「いいのよ。一晩くらい、どうせ、心配なんかしやしない人だから。あたしは三時すぎまであの人が帰って来ないと、もう居ても立ってもいられないのよ。それが当り前の情じゃないこと。

あの人はそういう優しさが全くないのよ。見てごらんなさい。自分は酔っぱらって帰って朝まで何ひとつ知らずに眠ってるわ。そういう人なのよ」

「子供っぽい方法だけど、それで少しでも気がすむなら、泊っていけばいいわ」

房子はまた、加寿子に問いかけたい気持がつのってきて、唾をのむように、咽喉まであふれてきたことばを嚥み下した。それでもその周辺に話題を寄せていきたい欲望には打ちかち難かった。釣師が釣糸を打ちこむように用心深く房子がいった。

「思いだしたわ。昔はよく、泊ったわね、あなたのところへ」

「矢部が辻堂へ帰る日になると、あたしが淋しくなって、あなたに来てもらったのよ」

加寿子の返事があんまりお誂えむきに返ってきたので、房子はかえって期待外れのしたような失望を味わったくらいだった。加寿子には気づかれず、その周辺へ波がせまるように、じわじわ話をうち寄せていってみたかったのだ。

つけたばかりの煙草を一口喫っただけで、加寿子は灰皿に押しつけた。そのまま指を灰皿の中から放さず、加寿子は山になった吸殻をひとつずつつまみあげては、丹念に並べはじめた。煙草をたしなまない房子は、客があるとはんぱになった旧い紅茶のうけ皿を代用させていた。オランダ焼きの青い皿の上に、まるで河豚の刺身でも並べるように放射状に吸殻を並べつづける加寿子の手つきに、房子はふっと納豆を一粒ずつつまんでいた加寿子を思い出した。

目は自分の手許にそそいだまま、加寿子が急に眠気のさしてきたような声でいった。

「雑魚寝したわね三人で」

房子はすぐ返事が出てこなかった。

「矢部が辻堂へ帰ると思ってあなたを呼んだら、夜になって矢部が酔っぱらって、帰って来たことがあったわ」

「うん、思い出した」

「雨が降って来たのよ、夜になって。それを理由にして、矢部がもう一晩泊るっていいだしたのよ」

「何かの会が有楽町あたりであって、矢部さんがその会で酔って引きかえしてきたのよ」

「そうだったかしら……あたしたちは離れに寝ていて、ふとんは二人ぶんしか置いてなかったから、あたしの敷ぶとんを一枚ずつにして部屋いっぱいに敷いたわ」

「矢部さんがいきなり真中のふとんにどすんと寝てしまったのよ。覚えてる?」

「あなたは窓ぎわに寝たわ。矢部はすぐいびきをかきだして、矢部の軀ごしにあなたがびっくりした顔をしてみせたわ」

「そうだったかしら」

口とは反対に房子は、もっとこまごまと頭に浮かぶあの夜のすべてをひとり反芻していた。

「ねえ、一ぺん、聞いてみようと思ったんだけど」

並べきった灰皿の中の吸殻にしばらく目を注いでいた後で、いきなり指先でそれをかき廻してしまうと、加寿子が目をあげてことばをつづけた。

「あの晩、夜なかに、矢部はあなたの寝床に入っていったわね」

「………」

房子は自分の表情が変ったとは思わなかったが、心臓の音が加寿子に聞えているのではないかと思った。

「あたし、……知ってたのよ」

「入って来たわ……脚からすっと、風のように入って来たのよ」

「キスしたのね」

「………」

房子は矢部の重さを全身で想いだそうとした。加寿子の声が追った。

「ね、それだけだった？」

「それだけよ」

房子は、目の前の加寿子がまた、十何年来の旧友とは似ても似つかぬ、見知らぬ人物のように見えてきた。すると、どうしても、押えこもうとしていた疑問を糺してみたい欲求がつのってきた。一気にのみのこしの液体を空にすると、

「一度訊きたかったのよ。あなたが、あれは矢部さんに奨めたの」

「まさか、どうして？」

そういって房子にむけた加寿子のどんよりしていた瞳は、見ているまに光をみなぎらし、目からはみだしそうに見えてきた。房子は珍しい昆虫でも見きわめるように、酔いにうるんできた瞳をしっかりと見開き、どこまでも大きくなる加寿子の瞳を捕えようとして、自分の目にも力がこもるのを感じた。

〔1966（昭和41）年3月「別冊文藝春秋」初出〕

P+D BOOKS ラインアップ

微笑　近藤啓太郎　●病魔と闘う妻と献身的に尽くす夫の闘病記

草を褥に　小説 牧野富太郎　大原富枝　●植物学者牧野富太郎と妻寿衛子の足跡を描く

激流（上下巻）　高見 順　●時代の激流にあえて身を投じた兄弟を描く

夢のつづき　神吉拓郎　●都会の一隅のささやかな人間模様を描く

鉄塔家族（上下巻）　佐伯一麦　●それぞれの家族が抱える喜びと哀しみの物語

早春　庄野潤三　●静かな筆致で描かれる筆者の「神戸物語」

P+D BOOKS ラインアップ

魔法のランプ	澁澤龍彦	●澁澤龍彦が晩年に綴ったエッセイ29篇を収録
虚構のクレーン	井上光晴	●戦争が生んだ矛盾や理不尽をあぶり出した名作
マカオ幻想	新田次郎	●抒情性あふれる表題作を含む遺作短篇集
浮草	川崎長太郎	●私小説作家自身の若き日の愛憎劇を描く
街は気まぐれヘソまがり	色川武大	●色川武大の極めつきエッセイ集
こういう女・施療室にて	平林たい子	●平林たい子の代表作2篇を収録した作品集

（お断り）

本書は1966年に中央公論社より発刊された単行本を底本としております。あきらかに間違いと思われるものについては訂正いたしましたが、基本的には底本にしたがっております。また、一部の固有名詞や難読漢字には編集部で振り仮名を振っています。

本文中には未亡人、看護婦、外人、二号、アル中、女中、トルコ風呂、商売女、娼婦、あいの子、スチュワーデス、情婦、毛唐、婢、ルンペン、ズベ公、オールドミス、出もどり、輪姦、気違いなどの言葉や人種・身分・職業・身体等に関する表現で、現在からみれば、不当、不適切と思われる箇所がありますが、著者に差別的意図のないこと、時代背景と作品価値とを鑑み、著者が故人でもあるため、原文のままにしております。差別や侮蔑の助長、温存を意図するものでないことをご理解ください。

瀬戸内 晴美（せとうち はるみ）
1922（大正11）年５月15日—2021（令和３）年11月９日、享年99。徳島県出身。1973年11月14日平泉中尊寺で得度。法名寂聴。1992年『花に問え』で第28回谷崎潤一郎賞受賞。2006年、文化勲章を受章。代表作に『夏の終り』『白道』『かの子撩乱』など。

P+D BOOKS とは

P+D BOOKS（ピー プラス ディー ブックス）とは
P+Dとはペーパーバックとデジタルの略称です。
後世に受け継がれるべき名作でありながら、現在入手困難となっている作品を、
B6判ペーパーバック書籍と電子書籍を、同時かつ同価格で発売・発信する、
小学館のまったく新しいスタイルのブックレーベルです。

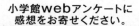

愛にはじまる

2024年6月18日　初版第1刷発行

著者　瀬戸内晴美
発行人　五十嵐佳世
発行所　株式会社　小学館
〒101-8001
東京都千代田区一ツ橋2-3-1
電話　編集　03-3230-9355
　　　販売　03-5281-3555
印刷所　大日本印刷株式会社
製本所　大日本印刷株式会社
装丁　おおうちおさむ　山田彩純
（ナノナノグラフィックス）

ISBN978-4-09-352490-2

P+D BOOKS